COLLECTION
FOLIO CLASSIQUE

Voltaire

Candide
ou l'Optimisme

Édition présentée et annotée
par Jacques Van den Heuvel
Texte établi par Frédéric Deloffre
avec la collaboration de Jacqueline Hellegouarc'h

Gallimard

PRÉFACE

Candide, *qui paraît à Genève en janvier 1759, est une somme des expériences de Voltaire à cette date et, à ce titre, rien dans sa vie antérieure ne saurait y être étranger. Pourtant c'est à partir du début de 1755 que se produit cette alchimie intérieure qui va aboutir à l'expression définitive de la parabole. Il vient d'acheter, un peu trop cher à son gré, la propriété des Délices, à Genève. Cette retraite délicieuse, c'« est le palais d'un philosophe avec les jardins d'Épicure » (Lettre à Jean-Robert Tronchin, 23 janvier 1755). Mme Denis a fini par rejoindre Voltaire, elle consent à se retirer avec lui dans un pays libre. Le voici donc en compagnie d'une nièce qui, selon son expression même, lui tient « lieu de fille » (Lettre à d'Argental, 10 mars 1754). Et peut-être joint-il à cette consolation l'espérance secrète de trouver mieux. Depuis son séjour en Prusse, une autre femme compte dans sa vie : la comtesse Charlotte Sophie de Bentinck. Au moment où il a quitté Berlin, il a cru la perdre définitivement, comme Candide Cunégonde une fois chassé du paradis terrestre. Et ne voilà-t-il pas que par le plus grand des hasards l'imprévisible comtesse cherche à se fixer elle aussi en Suisse. Cette retraite sous les auspices de la liberté et de l'amitié retrouvées représente une incontestable victoire pour qui a ressenti en profondeur ses voyages comme une fuite et une humiliation.*

L'immensité du désastre de Lisbonne a pour effet de réveiller brutalement Voltaire de sa somnolence épicurienne, et de le rendre à ses imaginations morbides. Le Poème sur le désastre de Lisbonne *(1756), composé en quelques jours dans la fièvre, n'est pas à l'origine une dissertation philosophico-théologique, c'est un cri de détresse et de pitié sur le sort de la créature aux prises avec l'absurdité fondamentale de l'existence. Alors triomphent, sans restriction aucune, des visions chères à Pascal : une nature « muette » d'un côté, et de l'autre l'homme en proie à la déréliction, qui dirige vers Dieu ses interrogations désespérées ; ce poème, avec ses images atroces, c'est un peu la revanche de Pascal sur le* Mondain *:*

L'homme, étranger à soi, de l'homme est ignoré.
Que suis-je, où suis-je, où vais-je, et d'où suis-je tiré ?

L'hiver suivant, c'est bien pire. La guerre a fait de l'Allemagne un vaste champ de carnage. Voltaire est encore mieux informé de ces atrocités qu'il ne l'a été du tremblement de terre de Lisbonne. On sait en effet qu'il entretient avec de nombreuses principautés allemandes des rapports épistolaires, et les relations qu'il reçoit presque jour après jour ébranlent fortement son imagination. En particulier, une de ses plus fidèles correspondantes, la duchesse de Saxe-Gotha, voit les troupes de Soubise et des Croates envahir ses États. Jusqu'au printemps, les nouvelles qu'elle transmet sont effroyables : ce ne sont en Germanie que ruisseaux de sang. Or la « meilleure des princesses possibles » est d'un optimisme tout panglossien. Disciple convaincue de Leibniz, elle continue à exalter, au milieu même des horreurs de la guerre, les voies nécessaires et impénétrables de la Providence. Plus le désastre prend d'ampleur, plus elle se fortifie dans son credo philosophique, se faisant ainsi l'incarnation vivante de ces docteurs que dénonce le Poème sur le désastre de Lisbonne, entêtés de leur doctrine alors que tout s'écroule autour d'eux. Voltaire la raillera abondamment, et ce sujet devient entre eux comme une sorte de « scie ». Mais la raillerie parvient mal à masquer l'écœurement dont la conclusion de l'Essai sur l'histoire générale, publié à la fin de 1756, porte à coup sûr la trace : « Presque toute l'histoire est une suite d'atrocités inutiles. » Pendant qu'il fait le bilan de ces calamités, l'imagination de Voltaire ne cesse pas d'errer autour du globe. Dans ces années 1755-1757 se constituent, en même temps que les thèmes dominants, les principaux axes de la topographie de Candide. En l'absence de toute doctrine solide, la seule question digne d'intérêt est celle que Voltaire se pose sans cesse : comment arranger son existence de manière qu'elle soit supportable, et en particulier, dans quel endroit vivre ? Immobilisé sur les bords du Léman, il reprend en pensée l'Histoire des voyages de Scarmentado publié en 1756 et dont, on l'a vu, c'était précisément le sujet. Vu des Délices, le tableau qu'offre la planète est moins sombre. La corruption s'étend il est vrai à une partie assez considérable de l'Europe dite « civilisée » : l'Angleterre, patrie des assassins de l'amiral Byng ; la Hollande, îlot traditionnel de tolérance devenu la proie des querelles religieuses ; Rome et sa papauté ; Lisbonne et la péninsule Ibérique avec l'Inquisition ; la France et en particulier Paris, ce « tripot de la décadence », où les malheureux encyclopédistes sont prisonniers des « Ostrogoths ». Quant à l'Allemagne, c'est proprement un enfer. Quelques principautés mises à part, tout ce qui est germanique est enveloppé d'une même rancœur par Voltaire. Au sud, en revanche, une vision beaucoup plus sereine : Alpes, qui s'élèvent en amphithéâtres, et sur lesquelles « les rayons du soleil forment mille accidents de lumière » (Lettre à la comtesse de Luzelbourg, 5 janvier 1758). Au-delà des Alpes se profile l'Italie, pays de l'Arioste, de Métastase, que Voltaire rêva toujours de visiter, et surtout Venise, où va peut-être en définitive se fixer la comtesse Bentinck, où se dirigent tant d'amis voyageurs qui, passant par la Suisse, emportent avec eux les rêves de Voltaire et reviennent pleins d'histoires passionnantes.

Quant à l'axe Est-Ouest, il se matérialise sous ses yeux par ce Léman qui sollicite sans cesse son imagination. Un des aspects poétiques de sa retraite, c'est qu'elle ouvre sur le lac ; par un effet plaisant de grossissement épique, qui lui est familier, ce lac a vite fait de devenir une mer immense sur laquelle il rêve de poursuivre la comtesse Bentinck comme une héroïne de roman. À ce moment-là les deux résidences de Voltaire lui apparaissent comme les deux extrémités du monde. C'est ainsi que de Monriond, près de Lausanne, où il s'est réfugié, il peut écrire à François Tronchin (2 février 1758) : « Quoique nous ne soyons pas à présent sur le même hémisphère, il faut que je songe à cette maison des Délices qui est à l'autre bout de notre grand océan. »

Prolongeons le « côté des Délices » vers l'Occident, on y trouvera, fût-ce au prix d'un léger infléchissement, la voie merveilleuse de l'aventure : Cadix, d'abord, base du commerce vers Buenos-Aires et l'Amérique du Sud. Or Voltaire a des intérêts à Cadix, des correspondants en Argentine. Le Paraguay, aux mains des Jésuites, excite depuis quelque temps sa curiosité ironique. Le Pérou et les rêves de fortune qui s'attachent à son or exercent aussi fortement son imagination.

En allant dans la direction opposée, le « côté de Monriond » s'éloigne tout aussi démesurément jusqu'aux portes de l'Orient fabuleux qui s'appellent la Propontide, Constantinople, et où Voltaire va situer la métairie de Candide. Une lecture de Tavernier, qui avait habité longtemps le château d'Aubonne, à quatre lieues de Lausanne, et fut d'autre part le grand voyageur que l'on sait, lui a appris que la vue de Lausanne ressemble à celle de Constantinople. Il n'en faut pas plus pour que l'imagination de Voltaire se mette à galoper en ce sens. Certes le Grand Turc a peut-être plus de filles que lui à sa disposition, mais il n'a pas une plus belle vue...

Au hasard de ses expériences, de ses recherches, de ses rencontres, se sont donc constitués en profondeur chez Voltaire certains axes géographiques autour desquels gravitent ses rêveries, et qui vont être très précisément ceux de Candide. *Sa retraite suisse considérée comme un centre provisoire, l'espace s'organise d'une manière symbolique. Aux quatre points cardinaux de ses préoccupations : Berlin et l'Allemagne au Nord, le Pérou à l'Ouest, Venise au Sud, à l'Est Constantinople — les hauts lieux du roman. Entre ces lieux symboliques se tisse en outre tout un réseau de rapports. Genève est liée à Cadix et à Lisbonne par l'intermédiaire de ses banquiers, à Constantinople par celui de ses dramaturges ; l'Allemagne à Lisbonne par l'optimisme de ses leibniziens inébranlables ; à Venise par l'intermédiaire de la comtesse Bentinck, qui va peut-être s'y installer en brûlant l'étape des Délices ; à la Turquie par la comparaison du despotisme prussien et du despotisme turc ; à l'Amérique du Sud par ces jésuites allemands qui font la guerre au Paraguay, et contre lesquels Voltaire arme un vaisseau, le* Pascal, *ce qui le réjouit fort : autant de possibilités ouvertes à son humeur voyageuse, autant de chemins frayés par avance aux personnages du roman.*

Qu'existe-t-il de Candide *au milieu de l'année 1757 ? Bien des éléments à coup sûr, et déjà solidement organisés, si nous ajoutons que trois des personnages principaux, sans qu'ils aient encore leurs traits et leurs noms précis, semblent avoir déjà trouvé leur contour. Avec la duchesse de Saxe-Gotha, on voit se profiler l'image d'un docteur, qui s'entête dans ses rai-*

sonnements optimistes, alors que tout s'écroule autour de lui. Avec la comtesse Bentinck, celle d'une princesse allemande, orgueilleuse et infidèle, pour laquelle on serait prêt néanmoins à parcourir le monde. Avec le souvenir de Frédéric, peut-être, celle d'un baron enti- ché de son titre, plein de séduction et de morgue : triple image de la philosophie, de l'amour et de la grandeur, fortement colorée de germanisme, et qui se retrouve dans le paradis de Thunder-ten-tronckh. Ce bilan impressionnant pourrait amener à faire remonter la composition du roman à ces années 1755-1757. Mais le problème de la gestation de l'œuvre et celui de sa naissance sont choses bien différentes. Il nous manque encore en effet l'essentiel : c'est le personnage de Can- dide lui-même, et il semble qu'il n'a pu prendre corps que le jour où d'une manière particulièrement violente Voltaire a ressenti jusqu'à l'exaspération sa propre candeur. C'est ce qui se produit très exactement à l'au- tomne de 1757.

Depuis le début de la guerre de Sept Ans[1], Voltaire, on s'en doute, avait suivi de fort près les succès et les revers de son ancien protecteur Frédéric. Il s'agissait pour lui de beaucoup plus qu'une simple curiosité ; dans la perspective d'émulation où se situent désor- mais leurs rapports, c'est la signification même de sa propre vie que met en cause la destinée du roi de Prusse. Si Pyrrhus triomphe, Cinéas échoue, et inver-

---

1. En 1756, la Prusse devient menaçante et la France décide de s'allier à l'Autriche. Le 18 mai, la déclaration de guerre de l'An- gleterre ouvre la guerre de Sept Ans.

sement. Pendant l'année 1757 Frédéric s'est mis au ban de l'Empire, il a presque toute l'Allemagne contre lui. Voltaire touche peut-être au moment tellement attendu depuis l'humiliation de Francfort[1] : il savoure à l'avance avec une satisfaction évidente le plaisir de consoler son ancien protecteur... C'est sur ce fond de jubilation mal contenue qu'arrive la nouvelle de la victoire de Rossbach (novembre 1757)[2] ! Lorsqu'il faut se rendre à l'évidence, admettre que Frédéric vient de se couvrir de gloire, Voltaire, touché à son point sensible, s'effondre. De quelle lourde naïveté n'a-t-il pas fait preuve lorsqu'il a cru l'emporter sur son rival ! Candide exclu du paradis westphalien pourrait bien être en partie l'expression mythique de cette défaite : le simple particulier qu'il est n'a plus rien à voir avec les grands de ce monde. Toute la suite de l'histoire qui constitue en fait la revanche de Candide marque l'intensité de l'humiliation initiale : baron et baronne coupés en morceaux, baronnet violé, tué et « retué », et qu'on finit par retrouver aux galères, rois détrônés, bachas condamnés, la répétition obsédante du thème dénote l'ampleur de la crise que Voltaire eut à conjurer.

1. En juin 1753, Voltaire arrive à Francfort, où il est séquestré, ainsi que Mme Denis qui est venue le rejoindre, par les émissaires du roi de Prusse. Il n'est libéré que lorsqu'il peut restituer des manuscrits de Frédéric qu'il avait emportés dans ses bagages lors de son départ de Berlin en mars.

2. En août 1757, Voltaire joue au consolateur avec Frédéric, qui subit des défaites et dont le moral est au plus bas. Mais le 5 novembre, grâce à la victoire de Rossbach, Frédéric reprend la Silésie.

Les succès de Frédéric ne sont pas seulement un coup porté à l'orgueil de Voltaire. Par une fâcheuse série de conséquences, la victoire de son rival risque de l'atteindre dans ses œuvres vives, à savoir sa fortune, garante à ses yeux, comme elle l'est dans le roman, de sa liberté. Dans ce domaine qui lui tient particulièrement à cœur, Voltaire peut aussi s'accuser d'avoir fait preuve d'une insigne naïveté. Là aussi il sent se creuser sous ses pieds un abîme; l'obsession d'une ruine inévitable qui s'empare de lui à ce moment-là se retrouvera plus tard, en 1768, dans une réflexion significative du Précis du siècle de Louis XV *(chap.* XXXIII*), à propos de la guerre de Sept Ans :* « L'Allemagne devint un gouffre *qui engloutissait le sang et l'argent de la France.* » *C'est pendant cet hiver 1757-1758, semble-t-il, qu'a été commencé* Candide, *qui porte la marque quasi pascalienne de ce gouffre. Tout s'écroule, au début du roman, tout s'engloutit.*

L'architecture de Candide *présente une symétrie fort remarquable. Au début, le thème du Paradis perdu, celui du château de Thunder-ten-tronckh, qui représente l'univers des valeurs pour le jeune et naïf Candide. Son « expulsion » symbolise parodiquement la chute du premier homme, d'après la* Genèse. *Par l'aspect burlesque de cette parabole — le péché originel, quelques gestes scabreux derrière un paravent —, Voltaire prend une première revanche sur Pascal : quitte à précipiter la créature dans le néant et l'horreur de sa condition (toute la première moitié du roman), il le fait d'une manière radicale, sans lui laisser pour consolation la nostalgie de sa grandeur pre-*

mière. L'épisode de l'Eldorado, qui trouve sa place exactement au milieu du conte, comme un axe de symétrie, figure le premier des paradis retrouvés. Retrouvé, il l'est pour être perdu à son tour, puisque aussi bien il ne s'agit que d'un idéal illusoire, lui aussi, quoique d'une manière différente du paradis westphalien. En effet, ce n'est pas ici le contenu de l'idéal qui est en cause — on peut montrer que le type de société de l'Eldorado est en tout point exemplaire —, mais bien son degré de réalité, sur lequel, à notre connaissance, on ne s'est jamais interrogé suffisamment, alors qu'on en a scruté tous les aspects idéologiques. L'épisode de l'Eldorado n'est ni une conclusion dérisoire ni une révélation finale : c'est une étape dans la conquête de l'homme par lui-même. Grâce à lui un modèle a été entrevu : sa réalité sera celle que lui conféreront les personnages, en le faisant entrer plus ou moins dans les faits. L'interprétation de l'épisode est donc liée à la suite du roman, par laquelle il prendra tout son sens. Pour l'instant, Voltaire ne se prononce pas : ce paradis reste suspendu entre ciel et terre, et les héros retournent de leur plein gré à la banalité de la vie quotidienne, qui cette fois se déroule sur un fond d'ennui (Venise et sa léthargie, Pococuranté, l'installation dans la métairie). Dernier paradis, non plus illusoire, celui-ci, mais proprement dérisoire : le jardin de la Propontide, qui, lui, existe bien, mais où viennent s'abolir tous les rêves devant le terre à terre de la réalité.

Tel est, semble-t-il, le sens de Candide *: une liquidation, non seulement de la pensée providentialiste de*

*Leibniz, mais de toutes les illusions quelles qu'elles
soient. Après la lecture de ce roman, la voie est libre,
et l'on pourra se mettre au travail pour reconstruire.
Une lueur subsiste en effet : à l'acharnement d'un destin responsable de l'absurdité de notre condition doit
répondre l'acharnement du labeur humain. On s'ins-
tallera aux confins (et non au centre) du monde civi-
lisé, au milieu d'une petite société dont on essaiera de
tirer le meilleur parti, si hétéroclite soit-elle, et on cul-
tivera quelques arpents de terre. Perspective assez peu
exaltante, sans doute, au départ : mais, par le biais de
la solidarité, la morale du jardin est susceptible d'une
certaine ouverture. C'est la « culture de la vigne »
commune à tous les philosophes et encyclopédistes, et
qui va se développer pour Voltaire pendant les années
de Ferney. Ce qui fait la valeur du mythe du jardin,
c'est son double aspect, limité et ouvert, solide et pro-
metteur tout à la fois. Dans la mesure où les aspi-
rations les plus hautes de l'homme se sont révélées
chimériques, les limites du jardin acquièrent une signification dialectique : la négation d'une négation revêt
un sens positif. Pascal opposait au divertissement,
symbole de l'existence terrestre, la charité, recherche
authentique de la perfection. À quoi Voltaire, dans
la XXV*ᵉ* Lettre philosophique, parue en 1734, avait
répondu en exaltant une morale de l'action, seule fin
valable, selon lui, pour l'homme. La fin de Candide ne
fait que reprendre en la précisant cette position. Le
divertissement, symptôme pour Pascal de la misère de
l'homme, y devient le seul remède efficace à cette
misère. C'est en partant de cette base exiguë, mais*

*stable, que l'homme va se reconquérir peu à peu. La
structure romanesque de* Candide *porte elle-même la
marque de ce mouvement de confrontation entre les
chimères et l'expérience, mais aussi de ce chemine-
ment vers l'idéal limité du jardin à travers les vicissi-
tudes de l'existence.*

*Sous la trame d'un conte traditionnel, tissu d'aven-
tures apparemment incohérentes, on aperçoit donc
dans* Candide *l'ébauche d'un roman suivi où ces aventures contribuent à l'édification d'une personnalité.
Dans une succession d'expériences absurdes, Scarmentado n'avait trouvé que du néant, tandis que le
jeune Westphalien s'y révèle peu à peu à lui-même. Sur
le plan des idées comme sur celui de la technique, le
côté satirique et pamphlétaire de* Candide *n'est que le
masque d'une recherche authentique où l'homme,
liquidant illusions et chimères, parvient tant bien que
mal à se réinventer.*

JACQUES VAN DEN HEUVEL

Candide
ou l'Optimisme

Traduit de l'allemand
de M. le docteur Ralph

avec les additions qu'on a trouvées
dans la poche du docteur,
lorsqu'il mourut à Minden, l'an de grâce 1759.

CHAPITRE PREMIER

*Comment Candide fut élevé
dans un beau château,
et comment il fut chassé d'icelui*

Il y avait en Westphalie, dans le château de M. le baron de Thunder-ten-tronckh, un jeune garçon à qui la nature avait donné les mœurs les plus douces. Sa physionomie annonçait son âme. Il avait le jugement assez droit, avec l'esprit le plus simple ; c'est, je crois, pour cette raison qu'on le nommait Candide. Les anciens domestiques de la maison soupçonnaient qu'il était fils de la sœur de monsieur le baron et d'un bon et honnête gentilhomme du voisinage, que cette demoiselle ne voulut jamais épouser parce qu'il n'avait pu prouver que soixante et onze quartiers, et que le reste de son arbre généalogique avait été perdu par l'injure du temps.

Monsieur le baron était un des plus puissants sei-

gneurs de la Westphalie[1], car son château avait une
porte et des fenêtres. Sa grande salle même était ornée
d'une tapisserie. Tous les chiens de ses basses-cours
composaient une meute dans le besoin ; ses palefre-
niers étaient ses piqueurs ; le vicaire du village était son
grand aumônier. Ils l'appelaient tous monseigneur, et
ils riaient quand il faisait des contes.

Madame la baronne, qui pesait environ trois cent
cinquante livres, s'attirait par là une très grande consi-
dération, et faisait les honneurs de la maison avec une
dignité qui la rendait encore plus respectable. Sa fille
Cunégonde, âgée de dix-sept ans, était haute en couleur, fraîche, grasse, appétissante. Le fils du baron
paraissait en tout digne de son père. Le précepteur Pangloss était l'oracle de la maison, et le petit Candide
écoutait ses leçons avec toute la bonne foi de son âge
et de son caractère.

Pangloss enseignait la métaphysico-théologo-cos-
molonigologie[2]. Il prouvait admirablement qu'il n'y a

---

1. Dès son premier voyage à travers l'Allemagne en 1740, Voltaire avait été frappé par l'extrême misère de la Westphalie : «Ô
champs westphaliens, faut-il vous traverser ? / Destin où m'allez-
vous réduire ! » écrit-il à Frédéric le 28 novembre 1740. — Le nom
du «docteur Ralph», qu'on trouve dans le sous-titre, est beaucoup
plus anglo-saxon que germanique (comme le nom de Thunder-ten-
tronckh) : Voltaire méprisait autant l'allemand qu'il aimait l'anglais,
et ne se donna jamais la peine de l'apprendre. James Ralph avait
publié plusieurs ouvrages pendant que Voltaire était à Londres, par
exemple, *The Touchstone*, 1728. Il est cité dans un vers du chant III
de la *Dunciade* de Pope (1728, remaniée en 1729 et 1743).
2. C'est le père Castel qui, dans les *Mémoires de Trévoux*
(1735), appelle le système de Leibniz une «doctrine physico-géo-
métrico-théologique». Quant au terme cosmologie, une fois débar-

point d'effet sans cause, et que, dans ce meilleur des
mondes possibles, le château de monseigneur le baron
était le plus beau des châteaux et madame la meilleure
des baronnes possibles [1].

« Il est démontré, disait-il, que les choses ne peuvent
être autrement : car, tout étant fait pour une fin, tout est
nécessairement pour la meilleure fin. Remarquez bien
que les nez ont été faits pour porter des lunettes, aussi
avons-nous des lunettes [2]. Les jambes sont visiblement
instituées pour être chaussées, et nous avons des
chausses. Les pierres ont été formées pour être taillées,
et pour en faire des châteaux, aussi monseigneur a un
très beau château ; le plus grand baron de la province
doit être le mieux logé ; et, les cochons étant faits pour
être mangés, nous mangeons du porc toute l'année : par

***

rassé de ce *nigo* qui est une espièglerie de Voltaire (rencontrée après
plusieurs tentatives), c'est Wolff, disciple de Leibniz, qui l'a mis à
la mode.
　1. Scie de Voltaire dans sa correspondance, où il singe la formule leibnizienne du « meilleur des mondes possibles » : « Voilà
déjà environ vingt mille hommes morts pour cette querelle, dans
laquelle aucun d'eux n'avait la moindre part. C'est encore un des
agréments du meilleur des mondes possibles. Quelles misères ! et
quelles horreurs ! la meilleure de toutes les demeures possibles est
certainement celle de Gotha, et je sais bien quelle est la meilleure
des princesses possibles » (lettre à la duchesse de Saxe-Gotha,
11 octobre 1756).
　2. Voltaire, qui n'a jamais nié une certaine finalité (les jambes
sont faites pour marcher), attaque les excès des cause-finalistes
comme l'abbé Pluche (*Spectacle de la nature*, 1732-1750, avec ses
développements sur la perfection de la jambe, ou « l'illustre vicaire
Derham », auteur d'une *Astro-theology*, 1715 (voir *Micromégas*,
chap. i).

conséquent, ceux qui ont avancé que tout est bien ont dit une sottise ; il fallait dire que tout est au mieux. »

Candide écoutait attentivement, et croyait innocemment ; car il trouvait Mlle Cunégonde extrêmement belle, quoiqu'il ne prît jamais la hardiesse de le lui dire. Il concluait qu'après le bonheur d'être né baron de Thunder-ten-tronckh, le second degré de bonheur était d'être Mlle Cunégonde ; le troisième, de la voir tous les jours ; et le quatrième, d'entendre maître Pangloss, le plus grand philosophe de la province, et par conséquent de toute la terre.

Un jour, Cunégonde, en se promenant auprès du château, dans le petit bois qu'on appelait *parc*, vit entre des broussailles le docteur Pangloss qui donnait une leçon de physique expérimentale à la femme de chambre de sa mère, petite brune très jolie et très docile. Comme Mlle Cunégonde avait beaucoup de dispositions pour les sciences, elle observa, sans souffler, les expériences réitérées dont elle fut témoin ; elle vit clairement la raison suffisante du docteur, les effets et les causes, et s'en retourna tout agitée, toute pensive, toute remplie du désir d'être savante, songeant qu'elle pourrait bien être la raison suffisante du jeune Candide, qui pouvait aussi être la sienne.

Elle rencontra Candide en revenant au château, et rougit ; Candide rougit aussi ; elle lui dit bonjour d'une voix entrecoupée, et Candide lui parla sans savoir ce qu'il disait. Le lendemain après le dîner, comme on sortait de table, Cunégonde et Candide se trouvèrent derrière un paravent ; Cunégonde laissa tomber son mouchoir, Candide le ramassa, elle lui prit innocemment la main, le jeune homme baisa innocemment la main de la jeune demoiselle avec une vivacité, une sensibilité, une grâce toute particulière ; leurs bouches se rencontrèrent, leurs yeux s'enflammèrent, leurs genoux tremblèrent, leurs mains s'égarèrent. M. le baron de Thunder-ten-tronckh passa auprès du paravent, et voyant cette cause et cet effet, chassa Candide du château à grands coups de pied dans le derrière ; Cunégonde s'évanouit ; elle fut souffletée par madame la baronne dès qu'elle fut revenue à elle-même ; et tout fut consterné dans le plus beau et le plus agréable des châteaux possibles.

CHAPITRE SECOND

Ce que devint Candide parmi les Bulgares

Candide, chassé du paradis terrestre[1], marcha long-temps sans savoir où, pleurant, levant les yeux au ciel, les tournant souvent vers le plus beau des châteaux qui renfermait la plus belle des baronnettes ; il se coucha sans souper au milieu des champs entre deux sillons ; la neige tombait à gros flocons. Candide, tout transi, se

---

1. On a, dans l'expulsion de Candide, une parodie de la chute du premier homme, d'après la Genèse. Comme Adam, Candide a péché ; il devra cultiver la terre et gagner son pain à la sueur de son front : « *ut operaretur eum.* »

traîna le lendemain vers la ville voisine, qui s'appelle
Valdberghoff-trarbk-dikdorff, n'ayant point d'argent,
mourant de faim et de lassitude. Il s'arrêta tristement à
la porte d'un cabaret. Deux hommes habillés de bleu le
remarquèrent : «Camarade, dit l'un, voilà un jeune
homme très bien fait, et qui a la taille requise.» Ils
s'avancèrent vers Candide et le prièrent à dîner très civi-
lement. «Messieurs, leur dit Candide avec une modes-
tie charmante, vous me faites beaucoup d'honneur, mais
je n'ai pas de quoi payer mon écot. — Ah! monsieur,
lui dit un des bleus, les personnes de votre figure et de
votre mérite ne payent jamais rien : n'avez-vous pas cinq
pieds cinq pouces de haut? — Oui, messieurs, c'est ma
taille, dit-il en faisant la révérence. — Ah! monsieur,
mettez-vous à table; non seulement nous vous défraye-
rons, mais nous ne souffrirons jamais qu'un homme
comme vous manque d'argent; les hommes ne sont faits
que pour se secourir les uns les autres. — Vous avez raison, dit Candide : c'est ce que M. Pangloss m'a toujours
dit, et je vois bien que tout est au mieux.» On le prie
d'accepter quelques écus, il les prend et veut faire son
billet; on n'en veut point, on se met à table : «N'aimez-
vous pas tendrement?... — Oh! oui, répondit-il, j'aime
tendrement Mlle Cunégonde. — Non, dit l'un de ces
messieurs, nous vous demandons si vous n'aimez pas
tendrement le roi des Bulgares. — Point du tout, dit-il,
car je ne l'ai jamais vu. — Comment! c'est le plus char-
mant des rois, et il faut boire à sa santé. — Oh! très
volontiers, messieurs»; et il boit. «C'en est assez, lui
dit-on, vous voilà l'appui, le soutien, le défenseur, le
héros des Bulgares; votre fortune est faite, et votre

gloire est assurée. » On lui met sur-le-champ les fers aux pieds, et on le mène au régiment. On le fait tourner à droite, à gauche, hausser la baguette[1], remettre la baguette, coucher en joue, tirer, doubler le pas, et on lui donne trente coups de bâton ; le lendemain il fait l'exercice un peu moins mal, et il ne reçoit que vingt coups ; le surlendemain on ne lui en donne que dix, et il est regardé par ses camarades comme un prodige.

Candide, tout stupéfait, ne démêlait pas encore trop bien comment il était un héros. Il s'avisa un beau jour de printemps de s'aller promener, marchant tout droit devant lui, croyant que c'était un privilège de l'espèce humaine, comme de l'espèce animale, de se servir de ses jambes à son plaisir. Il n'eut pas fait deux lieues que voilà quatre autres héros de six pieds qui l'atteignent, qui le lient, qui le mènent dans un cachot. On lui demanda juridiquement ce qu'il aimait le mieux d'être fustigé trente-six fois par tout le régiment, ou de recevoir à la fois douze balles de plomb dans la cervelle. Il eut beau dire que les volontés sont libres ; et qu'il ne voulait ni l'un ni l'autre, il fallut faire un choix ; il se détermina, en vertu du don de Dieu qu'on nomme *liberté*, à passer trente-six fois par les baguettes ; il essuya deux promenades. Le régiment était composé de deux mille hommes ; cela lui composa quatre mille coups de baguette, qui, depuis la nuque du cou jusqu'au cul, lui découvrirent les muscles et les nerfs. Comme on allait procéder à la troisième course, Candide, n'en pou-

---

1. *Hausser la baguette* : enfoncer la tige servant à presser la charge dans le canon d'un fusil.

vant plus, demanda en grâce qu'on voulût bien avoir la
bonté de lui casser la tête ; il obtint cette faveur ; on lui
bande les yeux, on le fait mettre à genoux. Le roi des
Bulgares passe dans ce moment, s'informe du crime du
patient ; et comme ce roi avait un grand génie, il com-
prit, par tout ce qu'il apprit de Candide, que c'était un
jeune métaphysicien, fort ignorant des choses de ce
monde, et il lui accorda sa grâce avec une clémence qui
sera louée dans tous les journaux et dans tous les siècles.
Un brave chirurgien guérit Candide en trois semaines
avec les émollients enseignés par Dioscoride[1]. Il avait
déjà un peu de peau et pouvait marcher, quand le roi des
Bulgares livra bataille au roi des Abares.

CHAPITRE TROISIÈME

*Comment Candide se sauva
d'entre les Bulgares,
et ce qu'il devint*

Rien n'était si beau, si leste, si brillant, si bien
ordonné que les deux armées. Les trompettes, les fifres,
les hautbois, les tambours, les canons, formaient une

---

1. Dioscoride est un médecin grec du Iᵉ siècle après J.-C. que ses
recettes bizarres ont rendu célèbre. Rabelais y fait de nombreuses
allusions dans son *Gargantua*. Les Abares sont une peuplade d'origine mongole qui a envahi l'Europe à plusieurs reprises.

harmonie telle qu'il n'y en eut jamais en enfer. Les canons renversèrent d'abord à peu près six mille hommes de chaque côté ; ensuite la mousqueterie ôta du meilleur des mondes environ neuf à dix mille coquins qui en infectaient la surface. La baïonnette fut aussi la raison suffisante de la mort de quelques milliers d'hommes. Le tout pouvait bien se monter à une trentaine de mille âmes. Candide, qui tremblait comme un philosophe, se cacha du mieux qu'il put pendant cette boucherie héroïque.

Enfin, tandis que les deux rois faisaient chanter des *Te Deum* chacun dans son camp, il prit le parti d'aller raisonner ailleurs des effets et des causes. Il passa pardessus des tas de morts et de mourants, et gagna d'abord un village voisin ; il était en cendres : c'était un village abare que les Bulgares avaient brûlé, selon les lois du droit public. Ici des vieillards criblés de coups regardaient mourir leurs femmes égorgées, qui tenaient leurs enfants à leurs mamelles sanglantes ; là des filles éventrées après avoir assouvi les besoins naturels de quelques héros rendaient les derniers soupirs ; d'autres, à demi brûlées, criaient qu'on achevât de leur donner la mort. Des cervelles étaient répandues sur la terre à côté de bras et de jambes coupés.

Candide s'enfuit au plus vite dans un autre village : il appartenait à des Bulgares, et des héros abares l'avaient traité de même. Candide, toujours marchant sur des membres palpitants ou à travers des ruines, arriva enfin hors du théâtre de la guerre, portant quelques petites provisions dans son bissac, et n'oubliant jamais Mlle Cunégonde. Ses provisions lui manquèrent quand il fut en Hollande ; mais ayant entendu dire que tout le monde était riche dans ce pays-là, et qu'on y était chrétien, il ne douta pas qu'on ne le traitât aussi bien qu'il l'avait été dans le château de monsieur le baron avant qu'il en eût été chassé pour les beaux yeux de Mlle Cunégonde.

Il demanda l'aumône à plusieurs graves personnages, qui lui répondirent tous que, s'il continuait à faire ce métier, on l'enfermerait dans une maison de correction pour lui apprendre à vivre.

Il s'adressa ensuite à un homme qui venait de parler tout seul une heure de suite sur la charité dans une grande assemblée. Cet orateur, le regardant de travers, lui dit : « Que venez-vous faire ici ? y êtes-vous pour la bonne cause ? — Il n'y a point d'effet sans cause, répondit modestement Candide, tout est enchaîné nécessairement et arrangé pour le mieux. Il a fallu que je fusse chassé d'auprès de Mlle Cunégonde, que j'aie passé par les baguettes, et il faut que je demande mon pain jusqu'à ce que je puisse en gagner ; tout cela ne pouvait être autrement. — Mon ami, lui dit l'orateur, croyez-vous que le pape soit l'Antéchrist ? — Je ne l'avais pas encore entendu dire, répondit Candide ; mais qu'il le soit ou qu'il ne le soit pas, je manque de pain. — Tu ne mérites pas d'en manger, dit l'autre ; va, coquin, va, misérable, ne m'approche de ta vie. » La femme de l'orateur, ayant mis la tête à la fenêtre et avisant un homme qui doutait que le pape fût antéchrist, lui répandit sur le chef un plein... Ô ciel ! à quel excès se porte le zèle de la religion dans les dames !

Un homme qui n'avait point été baptisé, un bon anabaptiste, nommé Jacques [1], vit la manière cruelle et ignominieuse dont on traitait ainsi un de ses frères, un être à deux pieds sans plumes, qui avait une âme ; il l'amena chez lui, le nettoya, lui donna du pain et de la bière, lui fit présent de deux florins, et voulut même lui apprendre à travailler dans ses manufactures aux étoffes de Perse qu'on fabrique en Hollande. Candide, se prosternant presque devant lui, s'écriait : «Maître Pangloss me l'avait bien dit que tout est au mieux dans ce monde, car je suis infiniment plus touché de votre extrême générosité que de la dureté de ce monsieur à manteau noir et de madame son épouse.»

Le lendemain, en se promenant, il rencontra un gueux tout couvert de pustules, les yeux morts, le bout du nez rongé, la bouche de travers, les dents noires, et parlant de la gorge, tourmenté d'une toux violente et crachant une dent à chaque effort.

---

1. Seul personnage désigné dans *Candide* par son prénom, Jacques, d'allure évangélique. Il rappelle singulièrement le Frère-Jean de Rabelais. Les anabaptistes sont les adeptes d'une secte protestante répandue surtout en Hollande et en Allemagne et qui n'autorisait le baptême qu'à l'âge de raison. Elle avait, aux xvie et xviie siècles, déchaîné des passions sanglantes.

CHAPITRE QUATRIÈME

*Comment Candide rencontra
son ancien maître de philosophie,
le docteur Pangloss,
et ce qui en advint*

Candide, plus ému encore de compassion que d'horreur, donna à cet épouvantable gueux les deux florins qu'il avait reçus de son honnête anabaptiste Jacques. Le fantôme le regarda fixement, versa des larmes, et sauta à son cou. Candide, effrayé, recule. « Hélas ! dit le misérable à l'autre misérable, ne reconnaissez-vous plus votre cher Pangloss ? — Qu'entends-je ? Vous, mon cher maître ! vous, dans cet état horrible ! Quel malheur vous est-il donc arrivé ? Pourquoi n'êtes-vous plus dans le plus beau des châteaux ? Qu'est devenue Mlle Cunégonde, la perle des filles, le chef-d'œuvre de la nature ? — Je n'en peux plus », dit Pangloss. Aussitôt Candide le mena dans l'étable de l'anabaptiste, où il lui fit manger un peu de pain ; et quand Pangloss fut refait : « Eh bien ! lui dit-il, Cunégonde ? — Elle est morte », reprit l'autre. Candide s'évanouit à ce mot ; son ami rappela ses sens avec un peu de mauvais vinaigre qui se trouva par hasard dans l'étable. Candide rouvre les yeux. « Cunégonde est morte ! Ah ! meilleur des mondes, où êtes-vous ? Mais de quelle maladie est-elle morte ? ne serait-ce point de m'avoir

vu chasser du beau château de monsieur son père à
grands coups de pied ? — Non, dit Pangloss ; elle a été
éventrée par des soldats bulgares, après avoir été violée autant qu'on peut l'être ; ils ont cassé la tête à monsieur le baron qui voulait la défendre ; madame la
baronne a été coupée en morceaux ; mon pauvre
pupille, traité précisément comme sa sœur ; et quant au
château, il n'est pas resté pierre sur pierre, pas une
grange, pas un mouton, pas un canard, pas un arbre ;
mais nous avons été bien vengés, car les Abares en ont
fait autant dans une baronnie voisine qui appartenait à
un seigneur bulgare. »

À ce discours, Candide s'évanouit encore ; mais
revenu à soi, et ayant dit tout ce qu'il devait dire, il
s'enquit de la cause et de l'effet, et de la raison suffisante qui avait mis Pangloss dans un si piteux état.
«Hélas ! dit l'autre, c'est l'amour ; l'amour, le consolateur du genre humain, le conservateur de l'univers,
l'âme de tous les êtres sensibles, le tendre amour. —
Hélas ! dit Candide, je l'ai connu, cet amour, ce souverain des cœurs, cette âme de notre âme ; il ne m'a
jamais valu qu'un baiser et vingt coups de pied au cul.
Comment cette belle cause a-t-elle pu produire en vous
un effet si abominable ? »

Pangloss répondit en ces termes : « Ô mon cher Candide ! vous avez connu Paquette [1], cette jolie suivante
de notre auguste baronne ; j'ai goûté dans ses bras les
délices du paradis, qui ont produit ces tourments d'en-

---

1. La «chambrière Paquette» vient tout droit de La Fontaine
(*Fables*, VII, xi, «Le Curé et le mort»).

fer dont vous me voyez dévoré; elle en était infectée, elle en est peut-être morte. Paquette tenait ce présent d'un cordelier très savant, qui avait remonté à la source; car il l'avait eue d'une vieille comtesse, qui l'avait reçue d'un capitaine de cavalerie, qui la devait à une marquise, qui la tenait d'un page, qui l'avait reçue d'un jésuite, qui, étant novice, l'avait eue en droite ligne d'un des compagnons de Christophe Colomb[1]. Pour moi, je ne la donnerai à personne, car je me meurs.

— Ô Pangloss! s'écria Candide, voilà une étrange généalogie! n'est-ce pas le diable qui en fut la souche? — Point du tout, répliqua ce grand homme; c'était une chose indispensable dans le meilleur des mondes, un ingrédient nécessaire; car si Colomb n'avait pas attrapé, dans une île de l'Amérique, cette maladie qui empoisonne la source de la génération, qui souvent même empêche la génération, et qui est évidemment l'opposé du grand but de la nature, nous n'aurions ni le chocolat ni la cochenille; il faut encore observer que jusqu'aujourd'hui, dans notre continent, cette maladie nous est particulière, comme la controverse. Les Turcs, les Indiens, les Persans, les Chinois, les Siamois, les Japonais, ne la connaissent pas encore; mais il y a une raison suffisante pour qu'ils la connaissent à leur tour dans quelques siècles. En attendant, elle a

1. Thème favori de Voltaire. Il avait lu, à Cirey, en même temps que Mme du Châtelet, la *Dissertation,* du bénédictin Dom Calmet (1672-1757), *sur la maladie de Job*, qui identifie la lèpre de Job avec la vérole, tout en reconnaissant que ce mal ne s'est répandu en Europe qu'après la découverte de l'Amérique.

fait un merveilleux progrès parmi nous, et surtout dans
ces grandes armées composées d'honnêtes stipen-
diaires, bien élevés, qui décident du destin des États ;
on peut assurer que, quand trente mille hommes com-
battent en bataille rangée contre des troupes égales en
nombre, il y a environ vingt mille vérolés de chaque
côté.

— Voilà qui est admirable, dit Candide, mais il faut
vous faire guérir. — Et comment le puis-je ? dit Pangloss ; je n'ai pas le sou, mon ami ; et dans toute l'étendue de ce globe, on ne peut ni se faire saigner ni
prendre un lavement sans payer, ou sans qu'il y ait
quelqu'un qui paye pour nous. »

Ce dernier discours détermina Candide ; il alla se
jeter aux pieds de son charitable anabaptiste Jacques,
et lui fit une peinture si touchante de l'état où son ami
était réduit que le bonhomme n'hésita pas à recueillir
le docteur Pangloss ; il le fit guérir à ses dépens. Pangloss, dans la cure, ne perdit qu'un œil et une oreille.
Il écrivait bien et savait parfaitement l'arithmétique.
L'anabaptiste Jacques en fit son teneur de livres. Au
bout de deux mois, étant obligé d'aller à Lisbonne pour
les affaires de son commerce, il mena dans son vaisseau ses deux philosophes. Pangloss lui expliqua comment tout était on ne peut mieux. Jacques n'était pas
de cet avis. « Il faut bien, disait-il, que les hommes
aient un peu corrompu la nature, car ils ne sont point
nés loups, et ils sont devenus loups. Dieu ne leur a
donné ni canon de vingt-quatre ni baïonnettes, et ils se
sont fait des baïonnettes et des canons pour se détruire.
Je pourrais mettre en ligne de compte les banque-

routes[1], et la justice qui s'empare des biens des banqueroutiers pour en frustrer les créanciers. — Tout cela était indispensable, répliquait le docteur borgne, et les malheurs particuliers font le bien général[2], de sorte que plus il y a de malheurs particuliers, et plus tout est bien.» Tandis qu'il raisonnait, l'air s'obscurcit, les vents soufflèrent des quatre coins du monde et le vaisseau fut assailli de la plus horrible tempête à la vue du port de Lisbonne.

CHAPITRE CINQUIÈME

Tempête, naufrage, tremblement de terre,
et ce qui advint du docteur Pangloss,
de Candide et de l'anabaptiste Jacques

La moitié des passagers, affaiblis, expirants de ces angoisses inconcevables que le roulis d'un vaisseau porte dans les nerfs et dans toutes les humeurs du corps

---

1. Allusion probable à la banqueroute du fils de Samuel Bernard, qui fit perdre, en 1754, huit mille livres de rentes à Voltaire.
2. Cliché de la doctrine «optimiste», c'est le point de vue que défendait Voltaire dans les *Éléments de la philosophie de Newton* (1738) : «Ce qui est mauvais par rapport à vous est bon dans l'arrangement général.» C'est celui qu'il prête à l'ermite dans *Zadig* (chap. XVIII), celui que Memnon ne pourra accepter que lorsqu'il ne sera plus borgne, et qui, enfin, est attaqué de front dans le *Poème sur le désastre de Lisbonne* (1756) : «Et vous composerez dans ce chaos fatal / Des malheurs de chaque être un bonheur général !»

agitées en sens contraire, n'avait pas même la force de s'inquiéter du danger. L'autre moitié jetait des cris et faisait des prières ; les voiles étaient déchirées, les mâts brisés, le vaisseau entrouvert. Travaillait qui pouvait, personne ne s'entendait, personne ne commandait. L'anabaptiste aidait un peu à la manœuvre ; il était sur le tillac ; un matelot furieux le frappe rudement et l'étend sur les planches ; mais du coup qu'il lui donna il eut lui-même une si violente secousse qu'il tomba hors du vaisseau la tête la première. Il restait suspendu et accroché à une partie de mât rompue. Le bon Jacques court à son secours, l'aide à remonter, et de l'effort qu'il fit il est précipité dans la mer à la vue du matelot, qui le laissa périr, sans daigner seulement le regarder. Candide approche, voit son bienfaiteur qui reparaît un moment et qui est englouti pour jamais. Il veut se jeter après lui dans la mer ; le philosophe Pangloss l'en empêche, en lui prouvant que la rade de Lisbonne avait été formée exprès pour que cet anabaptiste s'y noyât. Tandis qu'il le prouvait *a priori*, le vaisseau s'entrouvre, tout périt à la réserve de Pangloss, de Candide, et de ce brutal de matelot qui avait noyé le vertueux anabaptiste ; le coquin nagea heureusement jusqu'au rivage, où Pangloss et Candide furent portés sur une planche.

Quand ils furent revenus un peu à eux, ils marchèrent vers Lisbonne ; il leur restait quelque argent, avec lequel ils espéraient se sauver de la faim après avoir échappé à la tempête.

À peine ont-ils mis le pied dans la ville en pleurant la mort de leur bienfaiteur, qu'ils sentent la terre

trembler sous leurs pas ; la mer s'élève en bouillon-
nant dans le port, et brise les vaisseaux qui sont à
l'ancre. Des tourbillons de flammes et de cendres
couvrent les rues et les places publiques ; les maisons
s'écroulent, les toits sont renversés sur les fondements, et les fondements se dispersent ; trente mille
habitants de tout âge et de tout sexe sont écrasés sous
des ruines [1]. Le matelot disait en sifflant et en jurant :
« Il y aura quelque chose à gagner ici. — Quelle peut
être la raison suffisante de ce phénomène ? disait Pangloss. — Voici le dernier jour du monde ! » s'écriait
Candide. Le matelot court incontinent au milieu des
débris, affronte la mort pour trouver de l'argent, en
trouve, s'en empare, s'enivre, et, ayant cuvé son vin,
achète les faveurs de la première fille de bonne
volonté qu'il rencontre sur les ruines des maisons
détruites et au milieu des mourants et des morts. Pangloss le tirait cependant par la manche. « Mon ami,
lui disait-il, cela n'est pas bien, vous manquez à la
raison universelle, vous prenez mal votre temps. —
Tête et sang ! répondit l'autre, je suis matelot et né à
Batavia ; j'ai marché quatre fois sur le crucifix dans

1. Le désastre de Lisbonne eut lieu le 1er novembre 1755. Sous
le coup de l'émotion, Voltaire avait exagéré les pertes en vies
humaines : 100 000 victimes d'après une lettre à Tronchin du
24 novembre 1755 (« Cent mille fourmis [...] écrasées tout d'un
coup dans notre fourmilière [...] »). Il revient à 25 000 le
17 décembre dans une lettre adressée également à Tronchin : « Les
cent mille hommes péris à Lisbonne sont déjà réduits à vingt-cinq
mille. » Dorénavant, il s'en tiendra au chiffre de 30 000 qu'il trouvait dans les relations et qui semble être historiquement le plus
exact.

quatre voyages au Japon ; tu as bien trouvé ton homme avec ta raison universelle ! »

Quelques éclats de pierre avaient blessé Candide ; il était étendu dans la rue et couvert de débris. Il disait à Pangloss : « Hélas ! procure-moi un peu de vin et d'huile ; je me meurs. — Ce tremblement de terre n'est pas une chose nouvelle, répondit Pangloss ; la ville de Lima éprouva les mêmes secousses en Amérique l'année passée ; mêmes causes, mêmes effets : il y a certainement une traînée de soufre sous terre depuis Lima jusqu'à Lisbonne[1]. — Rien n'est plus probable, dit Candide ; mais, pour Dieu, un peu d'huile et de vin. — Comment, probable ? répliqua le philosophe ; je soutiens que la chose est démontrée. » Candide perdit connaissance, et Pangloss lui apporta un peu d'eau d'une fontaine voisine.

Le lendemain, ayant trouvé quelques provisions de bouche en se glissant à travers des décombres, ils réparèrent un peu leurs forces. Ensuite, ils travaillèrent comme les autres à soulager les habitants échappés à la mort. Quelques citoyens secourus par eux leur donnèrent un aussi bon dîner qu'on le pouvait dans un tel désastre. Il est vrai que le repas était triste ; les convives

---

1. Allusion aux théories alors en vogue sur l'origine et la nature des tremblements de terre. Par exemple, Buffon, dans sa *Théorie de la terre* (1749), art. XVI, parlait, « à une profondeur considérable », de « pyrites et autres matières sulfureuses, qui, venant à s'enflammer, produiront une grande quantité d'air, dont le ressort comprimé [...] ébranlera le terrain supérieur », etc. Tout près de Voltaire, son ami Élie Bertrand, pasteur à Berne, lui envoie en 1756 un *Mémoire sur les tremblements de terre.*

arrosaient leur pain de leurs larmes ; mais Pangloss les consola en les assurant que les choses ne pouvaient être autrement : « Car, dit-il, tout ceci est ce qu'il y a de mieux. Car, s'il y a un volcan à Lisbonne, il ne pouvait être ailleurs. Car il est impossible que les choses ne soient pas où elles sont. Car tout est bien. »

Un petit homme noir, familier de l'Inquisition, lequel était à côté de lui, prit poliment la parole et dit : « Apparemment que monsieur ne croit pas au péché originel[1] ; car, si tout est au mieux, il n'y a donc eu ni chute ni punition.

— Je demande très humblement pardon à Votre Excellence, répondit Pangloss encore plus poliment, car la chute de l'homme et la malédiction entraient nécessairement dans le meilleur des mondes possibles. — Monsieur ne croit donc pas à la liberté ? dit le familier. — Votre Excellence m'excusera, dit Pangloss ; la liberté peut subsister avec la nécessité absolue ; car il était nécessaire que nous fussions libres ; car enfin la volonté déterminée... » Pangloss était au milieu de sa phrase, quand le familier fit un signe de tête à son estafier qui lui servait à boire du vin de Porto, ou d'Oporto.

---

1. Ce n'est pas sans un malin plaisir que Voltaire reproche aux optimistes leibniziens, au nom de l'orthodoxie, leur contradiction avec le dogme chrétien de la chute. Même idée dans la préface du *Poème sur le désastre de Lisbonne* (1756) : « On crut donc voir dans cette proposition : *Tout est bien*, le renversement du fondement des idées reçues. "Si tout est bien, disait-on, il est donc faux que la nature humaine soit déchue. Si l'ordre général exige que tout soit comme il est, la nature humaine n'a donc pas été corrompue ; elle n'a donc pas eu besoin de rédempteur." »

CHAPITRE SIXIÈME

Comment on fit un bel auto-da-fé
pour empêcher les tremblements de terre,
et comment Candide fut fessé

Après le tremblement de terre qui avait détruit les trois quarts de Lisbonne, les sages du pays n'avaient pas trouvé un moyen plus efficace pour prévenir une ruine totale que de donner au peuple un bel auto-da-fé ; il était décidé par l'université de Coïmbre que le spectacle de quelques personnes brûlées à petit feu, en grande cérémonie, est un secret infaillible pour empêcher la terre de trembler.

On avait en conséquence saisi un Biscayen convaincu d'avoir épousé sa commère [1], et deux Portugais qui en mangeant un poulet en avaient arraché le lard [2] : on vint lier après le dîner le docteur Pangloss et son disciple Candide, l'un pour avoir parlé, et l'autre

---

1. La commère est celle qui a tenu un enfant sur les fonts baptismaux en même temps que le «compère», ce qui crée entre les deux personnes une parenté spirituelle. L'Église catholique interdisait en principe, sauf dispense, le mariage entre compère et commère, comme entre parrains ou marraines et leurs filleuls.
2. C'est-à-dire qu'ils l'avaient «judaïsé», en observant la pratique de la loi mosaïque qui interdit de manger du lard. Ce trait satirique fréquent chez Voltaire sera encore repris dans *Le Dîner du comte de Boulainvilliers*, 1767 (dont la composition initiale peut d'ailleurs remonter à l'époque de Potsdam).

pour avoir écouté avec un air d'approbation : tous deux furent menés séparément dans des appartements d'une extrême fraîcheur, dans lesquels on n'était jamais incommodé du soleil ; huit jours après ils furent tous deux revêtus d'un *san-benito*, et on orna leurs têtes de mitres de papier : la mitre et le san-benito de Candide étaient peints de flammes renversées et de diables qui n'avaient ni queues ni griffes ; mais les diables de Pangloss portaient griffes et queues, et les flammes étaient droites[1]. Ils marchèrent en procession ainsi vêtus, et entendirent un sermon très pathétique, suivi d'une belle musique en faux-bourdon. Candide fut fessé en cadence, pendant qu'on chantait ; le Biscayen et les deux hommes qui n'avaient point voulu manger de lard furent brûlés, et Pangloss fut pendu, quoique ce ne soit pas la coutume. Le même jour la terre trembla de nouveau avec un fracas épouvantable.

Candide, épouvanté, interdit, éperdu, tout sanglant, tout palpitant, se disait à lui-même. « Si c'est ici le meilleur des mondes possibles, que sont donc les autres ? Passe encore si je n'étais que fessé, je l'ai été chez les Bulgares. Mais, ô mon cher Pangloss ! le plus grand des philosophes, faut-il vous avoir vu pendre sans que je sache pourquoi ! Ô mon cher anabaptiste, le meilleur des hommes, faut-il que vous ayez été noyé dans le port ! Ô Mlle Cunégonde ! la perle des filles, faut-il qu'on vous ait fendu le ventre ! »

---

1. Ces détails, comme beaucoup d'autres, sont empruntés par Voltaire à un petit ouvrage de Dellon, *Relation de l'Inquisition de Goa*, qui eut de nombreuses éditions de 1688 à 1711.

Il s'en retournait, se soutenant à peine, prêché, fessé, absous et béni, lorsqu'une vieille l'aborda et lui dit :
«Mon fils, prenez courage, suivez-moi.»

CHAPITRE SEPTIÈME

Comment une vieille prit soin de Candide,
et comment il retrouva ce qu'il aimait

Candide ne prit point courage, mais il suivit la vieille dans une masure ; elle lui donna un pot de pommade pour se frotter, lui laissa à manger et à boire ; elle lui montra un petit lit assez propre ; il y avait auprès du lit un habit complet. «Mangez, buvez, dormez, lui dit-elle, et que Notre-Dame d'Atocha, Mgr saint Antoine de Padoue et Mgr saint Jacques de Compostelle prennent soin de vous : je reviendrai demain.» Candide, toujours étonné de tout ce qu'il avait vu, de tout ce qu'il avait souffert, et encore plus de la charité de la vieille, voulut lui baiser la main. «Ce n'est pas ma main qu'il faut baiser, dit la vieille ; je reviendrai demain. Frottez-vous de pommade, mangez et dormez.»

Candide, malgré tant de malheurs, mangea et dormit. Le lendemain la vieille lui apporte à déjeuner, visite son dos, le frotte elle-même d'une autre pommade ; elle lui apporte ensuite à dîner ; elle revient sur le soir, et apporte à souper. Le surlendemain elle fit encore les mêmes cérémonies. «Qui êtes-vous? lui disait toujours Candide; qui vous a inspiré tant de bonté? quelles grâces puis-je vous rendre?» La bonne femme ne répondait jamais rien; elle revint sur le soir et n'apporta point à souper. «Venez avec moi, dit-elle, et ne dites mot.» Elle le prend sous le bras, et marche avec lui dans la campagne environ un quart de mille : ils arrivent à une maison isolée, entourée de jardins et de canaux. La vieille frappe à une petite porte. On ouvre; elle mène Candide, par un escalier dérobé, dans un cabinet doré, le laisse sur un canapé de brocart, referme la porte, et s'en va. Candide croyait rêver, et regardait toute sa vie comme un songe funeste, et le moment présent comme un songe agréable.

La vieille reparut bientôt; elle soutenait avec peine une femme tremblante, d'une taille majestueuse, brillante de pierreries et couverte d'un voile[1]. «Ôtez ce voile», dit la vieille à Candide. Le jeune homme approche; il lève le voile d'une main timide. Quel moment! quelle surprise! il croit voir Mlle Cunégonde; il la voyait en effet, c'était elle-même. La force lui manque, il ne peut proférer une parole, il tombe à ses pieds. Cunégonde tombe sur le canapé. La vieille les accable d'eaux spiritueuses; ils reprennent leurs sens, ils se parlent : ce sont d'abord des mots entre-coupés, des demandes et des réponses qui se croisent,

---

1. Reprise de la scène des «retrouvailles» entre Zadig et Astarté (chap. XVI), en des termes identiques (*taille majestueuse, visage couvert d'un voile*, évanouissement des héros, discours interrompu par des gémissements, etc.).

des soupirs, des larmes, des cris. La vieille leur recommande de faire moins de bruit, et les laisse en liberté. « Quoi ! c'est vous, lui dit Candide, vous vivez ! Je vous retrouve en Portugal ! On ne vous a donc pas violée ? On ne vous a point fendu le ventre, comme le philosophe Pangloss me l'avait assuré ? — Si fait, dit la belle Cunégonde ; mais on ne meurt pas toujours de ces deux accidents. — Mais votre père et votre mère ont-ils été tués ? — Il n'est que trop vrai, dit Cunégonde en pleurant. — Et votre frère ? — Mon frère a été tué aussi. — Et pourquoi êtes-vous en Portugal ? et comment avez-vous su que j'y étais ? et par quelle étrange aventure m'avez-vous fait conduire dans cette maison ? — Je vous dirai tout cela, répliqua la dame ; mais il faut auparavant que vous m'appreniez tout ce qui vous est arrivé depuis le baiser innocent que vous me donnâtes et les coups de pied que vous reçûtes. »

Candide lui obéit avec un profond respect ; et quoiqu'il fût interdit, quoique sa voix fût faible et tremblante, quoique l'échine lui fît encore un peu mal, il lui raconta de la manière la plus naïve tout ce qu'il avait éprouvé depuis le moment de leur séparation. Cunégonde levait les yeux au ciel ; elle donna des larmes à la mort du bon anabaptiste et de Pangloss ; après quoi elle parla en ces termes à Candide, qui ne perdait pas une parole, et qui la dévorait des yeux.

CHAPITRE HUITIÈME

Histoire de Cunégonde

«J'étais dans mon lit et je dormais profondément, quand il plut au ciel d'envoyer les Bulgares dans notre beau château de Thunder-ten-tronckh : ils égorgèrent mon père et mon frère, et coupèrent ma mère par morceaux. Un grand Bulgare, haut de six pieds, voyant qu'à ce spectacle j'avais perdu connaissance, se mit à me violer ; cela me fit revenir, je repris mes sens, je criai, je me débattis, je mordis, j'égratignai, je voulais arracher les yeux à ce grand Bulgare, ne sachant pas que tout ce qui arrivait dans le château de mon père était une chose d'usage : le brutal me donna un coup de couteau dans le flanc gauche dont je porte encore la marque. — Hélas ! j'espère bien la voir, dit le naïf Candide. — Vous la verrez, dit Cunégonde ; mais continuons. — Continuez », dit Candide.

Elle reprit ainsi le fil de son histoire : «Un capitaine bulgare entra, il me vit toute sanglante, et le soldat ne se dérangeait pas. Le capitaine se mit en colère du peu de respect que lui témoignait ce brutal, et le tua sur mon corps. Ensuite il me fit panser, et m'emmena prisonnière de guerre dans son quartier. Je blanchissais le peu de chemises qu'il avait, je faisais sa cuisine ; il me trouvait fort jolie, il faut l'avouer ; et je ne nierai pas qu'il ne fût très bien fait, et qu'il n'eût

la peau blanche et douce ; d'ailleurs peu d'esprit, peu
de philosophie : on voyait bien qu'il n'avait pas été
élevé par le docteur Pangloss. Au bout de trois mois,
ayant perdu tout son argent et s'étant dégoûté de moi,
il me vendit à un Juif nommé don Issacar, qui trafi-
quait en Hollande et en Portugal, et qui aimait pas-
sionnément les femmes. Ce Juif s'attacha beaucoup à
ma personne, mais il ne pouvait en triompher ; je lui
ai mieux résisté qu'au soldat bulgare. Une personne
d'honneur peut être violée une fois, mais sa vertu s'en
affermit. Le Juif, pour m'apprivoiser, me mena dans
cette maison de campagne que vous voyez. J'avais cru
jusque-là qu'il n'y avait rien sur la terre de si beau
que le château de Thunder-ten-tronckh ; j'ai été
détrompée.

« Le grand inquisiteur m'aperçut un jour à la messe,
il me lorgna beaucoup, et me fit dire qu'il avait à me
parler pour des affaires secrètes. Je fus conduite à son
palais ; je lui appris ma naissance ; il me représenta
combien il était au-dessous de mon rang d'appartenir
à un Israélite. On proposa de sa part à don Issacar de
me céder à monseigneur. Don Issacar, qui est le banquier de la cour et homme de crédit, n'en voulut rien
faire. L'inquisiteur le menaça d'un auto-da-fé. Enfin
mon Juif, intimidé, conclut un marché, par lequel la
maison et moi leur appartiendraient à tous deux en
commun ; que le Juif aurait pour lui les lundis, mer-
credis et le jour du sabbat, et que l'inquisiteur aurait
les autres jours de la semaine. Il y a six mois que cette
convention subsiste. Ce n'a pas été sans querelles ; car
souvent il a été indécis si la nuit du samedi au

dimanche appartenait à l'ancienne loi ou à la nouvelle. Pour moi, j'ai résisté jusqu'à présent à toutes les deux, et je crois que c'est pour cette raison que j'ai toujours été aimée.

« Enfin, pour détourner le fléau des tremblements de terre, et pour intimider don Issacar, il plut à monseigneur l'inquisiteur de célébrer un auto-da-fé. Il me fit l'honneur de m'y inviter. Je fus très bien placée ; on servit aux dames des rafraîchissements entre la messe et l'exécution. Je fus, à la vérité, saisie d'horreur en voyant brûler ces deux Juifs et cet honnête Biscayen qui avait épousé sa commère ; mais quelle fut ma surprise, mon effroi, mon trouble, quand je vis, dans un san-benito et sous une mitre, une figure qui ressemblait à celle de Pangloss ! Je me frottai les yeux, je regardai attentivement, je le vis pendre ; je tombai en faiblesse. À peine reprenais-je mes sens que je vous vis dépouillé tout nu : ce fut là le comble de l'horreur, de la consternation, de la douleur, du désespoir. Je vous dirai, avec vérité, que votre peau est encore plus blanche et d'un incarnat plus parfait que celle de mon capitaine des Bulgares. Cette vue redoubla tous les sentiments qui m'accablaient, qui me dévoraient. Je m'écriai, je voulus dire : "Arrêtez, barbares !" mais la voix me manqua, et mes cris auraient été inutiles. Quand vous eûtes été bien fessé : "Comment se peut-il faire, disais-je, que l'aimable Candide et le sage Pangloss se trouvent à Lisbonne, l'un pour recevoir cent coups de fouet, et l'autre pour être pendu par l'ordre de monseigneur l'inquisiteur dont je suis la bien-aimée ? Pangloss m'a donc bien cruellement trompée quand il me disait que tout va le mieux du monde."

« Agitée, éperdue, tantôt hors de moi-même, et tantôt prête de mourir de faiblesse, j'avais la tête remplie du massacre de mon père, de ma mère, de mon frère, de l'insolence de mon vilain soldat bulgare, du coup de couteau qu'il me donna, de ma servitude, de mon métier de cuisinière, de mon capitaine bulgare, de mon vilain don Issacar, de mon abominable inquisiteur, de la pendaison du docteur Pangloss, de ce grand *miserere* en faux-bourdon pendant lequel on vous fessait, et surtout du baiser que je vous avais donné derrière un paravent, le jour que je vous avais vu pour la dernière fois. Je louai Dieu qui vous ramenait à moi par tant d'épreuves. Je recommandai à ma vieille d'avoir soin de vous, et de vous amener ici dès qu'elle le pourrait. Elle a très bien exécuté ma commission ; j'ai goûté le plaisir inexprimable de vous revoir, de vous entendre, de vous parler. Vous devez avoir une faim dévorante ; j'ai grand appétit ; commençons par souper. »

Les voilà qui se mettent tous deux à table ; et après le souper, ils se replacent sur ce beau canapé dont on a déjà parlé ; ils y étaient quand le signor don Issacar, l'un des maîtres de la maison, arriva. C'était le jour du sabbat. Il venait jouir de ses droits, et expliquer son tendre amour.

CHAPITRE NEUVIÈME

Ce qui advint de Cunégonde,
de Candide, du grand Inquisiteur
et d'un Juif

Cet Issacar était le plus colérique Hébreu qu'on eût vu dans Israël depuis la captivité en Babylone. « Quoi ! dit-il, chienne de Galiléenne, ce n'est pas assez de monsieur l'inquisiteur ? Il faut que ce coquin partage aussi avec moi ? » En disant cela il tire un long poignard dont il était toujours pourvu, et ne croyant pas que son adverse partie eût des armes, il se jette sur Candide ; mais notre bon Westphalien avait reçu une belle épée de la vieille avec l'habit complet. Il tire son épée, quoiqu'il eût les mœurs fort douces, et vous étend l'Israélite roide mort sur le carreau, aux pieds de la belle Cunégonde.

« Sainte Vierge ! s'écria-t-elle, qu'allons-nous devenir ? Un homme tué chez moi ! si la justice vient, nous sommes perdus. — Si Pangloss n'avait pas été pendu, dit Candide, il nous donnerait un bon conseil dans cette extrémité, car c'était un grand philosophe. À son défaut consultons la vieille. » Elle était fort prudente, et commençait à dire son avis, quand une autre petite porte s'ouvrit. Il était une heure après minuit, c'était le commencement du dimanche. Ce jour appartenait à monseigneur l'inquisiteur. Il entre et voit le fessé Candide l'épée à la main, un mort étendu par terre, Cunégonde effarée, et la vieille donnant des conseils.

Voici dans ce moment ce qui se passa dans l'âme de Candide, et comment il raisonna : « Si ce saint homme appelle du secours, il me fera infailliblement brûler ; il pourra en faire autant de Cunégonde ; il m'a fait fouetter impitoyablement ; il est mon rival ; je suis en train de tuer, il n'y a pas à balancer. » Ce raisonnement fut net et rapide ; et sans donner le temps à l'inquisiteur de revenir de sa surprise, il le perce d'outre en outre, et le jette à côté du Juif. « En voici bien d'une autre, dit Cunégonde ; il n'y a plus de rémission ; nous sommes excommuniés, notre dernière heure est venue. Comment avez-vous fait, vous qui êtes né si doux, pour tuer en deux minutes un Juif et un prélat ? — Ma belle demoiselle, répondit Candide, quand on est amoureux, jaloux et fouetté par l'Inquisition, on ne se connaît plus. »

La vieille prit alors la parole et dit : « Il y a trois chevaux andalous dans l'écurie, avec leurs selles et leurs brides : que le brave Candide les prépare ; madame a des moyadors[1] et des diamants : montons vite à cheval, quoique je ne puisse me tenir que sur une fesse, et allons à Cadix ; il fait le plus beau temps du monde, et c'est un grand plaisir de voyager pendant la fraîcheur de la nuit. »

---

1. Plutôt que de *moyadors*, il s'agit de *moïdore* ou *lisbonine*, ancienne monnaie du Portugal (*moeda*, en portugais, signifie monnaie). Ils deviendront des « pistoles » au début du chapitre x (nom français de l'*escudo* espagnol). Le *maravédis* cité ensuite est une pièce de menue monnaie en cuivre qui avait cours en Espagne.

Aussitôt Candide selle les trois chevaux. Cunégonde, la vieille et lui font trente milles d'une traite. Pendant qu'ils s'éloignaient, la Sainte-Hermandad arrive dans la maison; on enterre monseigneur dans une belle église, et on jette Issacar à la voirie.

Candide, Cunégonde et la vieille étaient déjà dans la petite ville d'Avacéna, au milieu des montagnes de la Sierra-Morena; et ils parlaient ainsi dans un cabaret.

CHAPITRE DIXIÈME

Dans quelle détresse
Candide, Cunégonde et la vieille
arrivent à Cadix,
et de leur embarquement

«Qui a donc pu me voler mes pistoles et mes diamants? disait en pleurant Cunégonde; de quoi vivrons-nous? comment ferons-nous? où trouver des inquisiteurs et des Juifs qui m'en donnent d'autres? — Hélas! dit la vieille, je soupçonne fort un révérend père cordelier qui coucha hier dans la même auberge que nous à Badajoz; Dieu me garde de faire un jugement téméraire! mais il entra deux fois dans notre chambre, et il partit longtemps avant nous. — Hélas! dit Candide, le bon Pangloss m'avait souvent prouvé que les biens de la terre sont communs à tous les hommes, que chacun y a un droit égal. Ce cordelier devait bien, suivant ces principes, nous laisser de quoi achever notre voyage. Il ne vous reste donc rien du tout, ma belle Cunégonde ? — Pas un maravédis, dit-elle. — Quel parti prendre ? dit Candide. — Vendons un des chevaux, dit la vieille ; je monterai en croupe derrière mademoiselle, quoique je ne puisse me tenir que sur une fesse, et nous arriverons à Cadix. »

Il y avait dans la même hôtellerie un prieur de bénédictins ; il acheta le cheval bon marché. Candide, Cunégonde et la vieille passèrent par Lucena, par Chillas, par Lebrixa, et arrivèrent enfin à Cadix [1]. On y équipait une flotte, et on y assemblait des troupes pour mettre à la raison les révérends pères jésuites du Paraguay, qu'on accusait d'avoir fait révolter une de leurs hordes contre les rois d'Espagne et de Portugal, auprès de la ville du Saint-Sacrement. Candide, ayant servi chez les Bulgares, fit l'exercice bulgarien devant le général de la petite armée avec tant de grâce, de célérité, d'adresse, de fierté, d'agilité, qu'on lui donna une compagnie d'infanterie à commander. Le voilà capitaine ; il s'embarque avec Mlle Cunégonde, la vieille, deux valets et les deux chevaux andalous qui avaient appartenu à M. le grand inquisiteur de Portugal.

Pendant toute la traversée ils raisonnèrent beaucoup

---

1 L'itinéraire est fantaisiste, si le nom des localités est authentique. Chillas ou Chellas est aux portes de Lisbonne : cette localité est citée dans les récits de la catastrophe du 1er novembre 1755. Labriza est proche de Cadix. Quant à Lucena, elle est située bien à l'est de la route de Lisbonne à Cadix. Il reste vrai que les personnages avaient à traverser la sierra Morena.

sur la philosophie du pauvre Pangloss. «Nous allons
dans un autre univers, disait Candide; c'est dans celui-
là sans doute que tout est bien. Car il faut avouer qu'on
pourrait gémir un peu de ce qui se passe dans le nôtre
en physique et en morale. — Je vous aime de tout mon
cœur, disait Cunégonde; mais j'ai encore l'âme tout
effarouchée de ce que j'ai vu, de ce que j'ai
éprouvé. — Tout ira bien, répliquait Candide; la mer
de ce nouveau monde vaut déjà mieux que les mers de
notre Europe; elle est plus calme, les vents plus
constants. C'est certainement le nouveau monde qui
est le meilleur des univers possibles. — Dieu le
veuille! disait Cunégonde; mais j'ai été si horriblement malheureuse dans le mien que mon cœur est
presque fermé à l'espérance. — Vous vous plaignez,
leur dit la vieille; hélas! vous n'avez pas éprouvé des
infortunes telles que les miennes.» Cunégonde se mit
presque à rire, et trouva cette bonne femme fort plai-
sante de prétendre être plus malheureuse qu'elle.
«Hélas! lui dit-elle, ma bonne, à moins que vous
n'ayez été violée par deux Bulgares, que vous n'ayez
reçu deux coups de couteau dans le ventre, qu'on n'ait
démoli deux de vos châteaux, qu'on n'ait égorgé à vos
yeux deux mères et deux pères, et que vous n'ayez vu
deux de vos amants fouettés dans un auto-da-fé, je ne
vois pas que vous puissiez l'emporter sur moi; ajou-
tez que je suis née baronne avec soixante et douze
quartiers, et que j'ai été cuisinière. — Mademoiselle,
répondit la vieille, vous ne savez pas quelle est ma
naissance; et si je vous montrais mon derrière, vous
ne parleriez pas comme vous faites, et vous suspen-

driez votre jugement.» Ce discours fit naître une extrême curiosité dans l'esprit de Cunégonde et de Candide. La vieille leur parla en ces termes.

CHAPITRE ONZIÈME

Histoire de la vieille

«Je n'ai pas eu toujours les yeux éraillés et bordés d'écarlate; mon nez n'a pas toujours touché à mon menton, et je n'ai pas toujours été servante. Je suis la fille du pape Urbain X[1], et de la princesse de Palestrine. On m'éleva jusqu'à quatorze ans dans un palais auquel tous les châteaux de vos barons allemands n'auraient pas servi d'écurie; et une de mes robes valait mieux que toutes les magnificences de la Westphalie. Je croissais en beauté, en grâces, en talents, au milieu des plaisirs, des respects et des espérances. J'inspirais déjà de l'amour, ma gorge se formait; et quelle gorge! blanche, ferme, taillée comme celle de la Vénus de Médicis; et quels yeux! quelles paupières! quels sourcils noirs! quelles flammes brillaient dans mes deux prunelles, et effaçaient la scintillation des étoiles, comme me disaient les poètes du quartier. Les femmes

---

1. En réalité, comme le remarque René Pomeau, Voltaire avait bel et bien donné d'abord au père de la vieille le nom d'un pape, Clément XII, qui régna de 1730 à 1741!

qui m'habillaient et qui me déshabillaient tombaient en extase en me regardant par-devant et par-derrière, et tous les hommes auraient voulu être à leur place.

«Je fus fiancée à un prince souverain de Massa-Carrara. Quel prince! aussi beau que moi, pétri de douceur et d'agréments, brillant d'esprit et brûlant d'amour. Je l'aimais comme on aime pour la première fois, avec idolâtrie, avec emportement. Les noces furent préparées. C'était une pompe, une magnificence inouïe; c'étaient des fêtes, des carrousels, des opera-buffa continuels; et toute l'Italie fit pour moi des sonnets dont il n'y eut pas un seul de passable. Je touchais au moment de mon bonheur, quand une vieille marquise qui avait été maîtresse de mon prince l'invita à prendre du chocolat chez elle. Il mourut en moins de deux heures avec des convulsions épouvantables. Mais ce n'est qu'une bagatelle. Ma mère, au désespoir, et bien moins affligée que moi, voulut s'arracher pour quelque temps à un séjour si funeste. Elle avait une très belle terre auprès de Gaète. Nous nous embarquâmes sur une galère du pays, dorée comme l'autel de Saint-Pierre de Rome. Voilà qu'un corsaire de Salé fond sur nous et nous aborde. Nos soldats se défendirent comme des soldats du pape: ils se mirent tous à genoux en jetant leurs armes, et en demandant au corsaire une absolution *in articulo mortis*.

«Aussitôt on les dépouilla nus comme des singes, et ma mère aussi, nos filles d'honneur aussi, et moi aussi. C'est une chose admirable que la diligence avec laquelle ces messieurs déshabillent le monde. Mais ce qui me surprit davantage, c'est qu'ils nous mirent à tous le doigt dans un endroit où nous autres femmes nous ne nous laissons mettre d'ordinaire que des canules. Cette cérémonie me paraissait bien étrange : voilà comme on juge de tout quand on n'est pas sorti de son pays. J'appris bientôt que c'était pour voir si nous n'avions pas caché là quelques diamants : c'est un usage établi de temps immémorial parmi les nations policées qui courent sur mer. J'ai su que MM. les religieux chevaliers de Malte n'y manquent jamais quand ils prennent des Turcs et des Turques ; c'est une loi du droit des gens à laquelle on n'a jamais dérogé.

« Je ne vous dirai point combien il est dur pour une jeune princesse d'être menée esclave à Maroc avec sa mère. Vous concevez assez tout ce que nous eûmes à souffrir dans le vaisseau corsaire. Ma mère était encore très belle ; nos filles d'honneur, nos simples femmes de chambre, avaient plus de charmes qu'on n'en peut trouver dans toute l'Afrique. Pour moi, j'étais ravissante, j'étais la beauté, la grâce même, et j'étais pucelle ; je ne le fus pas longtemps : cette fleur qui avait été réservée pour le beau prince de Massa-Carrara me fut ravie par le capitaine corsaire ; c'était un nègre abominable, qui croyait encore me faire beaucoup d'honneur. Certes, il fallait que Mme la princesse de Palestrine et moi fussions bien fortes pour résister à tout ce que nous éprouvâmes jusqu'à notre arrivée à Maroc. Mais passons ; ce sont des choses si communes qu'elles ne valent pas la peine qu'on en parle.

« Maroc nageait dans le sang quand nous arrivâmes. Cinquante fils de l'empereur Muley-Ismaël avaient

chacun leur parti : ce qui produisait en effet cinquante
guerres civiles, de noirs contre noirs, de noirs contre
basanés, de basanés contre basanés, de mulâtres contre
mulâtres. C'était un carnage continuel dans toute
l'étendue de l'empire.

«À peine fûmes-nous débarqués que des noirs
d'une faction ennemie de celle de mon corsaire se présentèrent pour lui enlever son butin. Nous étions,
après les diamants et l'or, ce qu'il avait de plus pré-
cieux. Je fus témoin d'un combat tel que vous n'en
voyez jamais dans vos climats d'Europe. Les peuples
septentrionaux n'ont pas le sang assez ardent. Ils n'ont
pas la rage des femmes au point où elle est commune
en Afrique. Il semble que vos Européens aient du lait
dans les veines ; c'est du vitriol, c'est du feu qui coule
dans celles des habitants du mont Atlas et des pays
voisins. On combattit avec la fureur des lions, des
tigres et des serpents de la contrée, pour savoir à qui
nous aurait. Un Maure saisit ma mère par le bras droit,
le lieutenant de mon capitaine la retint par le bras
gauche ; un soldat maure la prit par une jambe, un de
nos pirates la tenait par l'autre. Nos filles se trouvèrent presque toutes en un moment tirées ainsi à quatre
soldats. Mon capitaine me tenait cachée derrière lui.
Il avait le cimeterre au poing, et tuait tout ce qui s'opposait à sa rage. Enfin, je vis toutes nos Italiennes et
ma mère déchirées, coupées, massacrées par les
monstres qui se les disputaient. Les captifs mes compagnons, ceux qui les avaient pris, soldats, matelots,
noirs, basanés, blancs, mulâtres, et enfin mon capitaine, tout fut tué ; et je demeurai mourante sur un tas

de morts. Des scènes pareilles se passaient, comme on sait, dans l'étendue de plus de trois cents lieues, sans qu'on manquât aux cinq prières par jour ordonnées par Mahomet.

« Je me débarrassai avec beaucoup de peine de la foule de tant de cadavres sanglants entassés, et je me traînai sous un grand oranger au bord d'un ruisseau voisin ; j'y tombai d'effroi, de lassitude, d'horreur, de désespoir et de faim. Bientôt après, mes sens accablés se livrèrent à un sommeil qui tenait plus de l'évanouissement que du repos. J'étais dans cet état de faiblesse et d'insensibilité, entre la mort et la vie, quand je me sentis pressée de quelque chose qui s'agitait sur mon corps. J'ouvris les yeux, je vis un homme blanc et de bonne mine qui soupirait, et qui disait entre ses dents : *O che sciagura d'essere senza c…* [1] !

CHAPITRE DOUZIÈME

Suite des malheurs de la vieille

« Étonnée et ravie d'entendre la langue de ma patrie, et non moins surprise des paroles que proférait cet homme, je lui répondis qu'il y avait de plus grands malheurs que celui dont il se plaignait. Je l'instruisis en peu de mots des horreurs que j'avais essuyées, et

---

1. Traduction : « Oh ! quel malheur d'être sans c… ! »

je retombai en faiblesse. Il m'emporta dans une maison voisine, me fit mettre au lit, me fit donner à manger, me servit, me consola, me flatta, me dit qu'il n'avait rien vu de si beau que moi, et que jamais il n'avait tant regretté ce que personne ne pouvait lui rendre. "Je suis né à Naples, me dit-il, on y chaponne deux ou trois mille enfants tous les ans ; les uns en meurent, les autres acquièrent une voix plus belle que celle des femmes, les autres vont gouverner les États [1]. On me fit cette opération avec un très grand succès, et j'ai été musicien de la chapelle de Mme la princesse de Palestrine. — De ma mère ! m'écriai-je. — De votre mère ! s'écria-t-il en pleurant. Quoi ! vous seriez cette jeune princesse que j'ai élevée jusqu'à l'âge de six ans, et qui promettait déjà d'être aussi belle que vous êtes ? — C'est moi-même ; ma mère est à quatre cents pas d'ici, coupée en quartiers sous un tas de morts…"

« Je lui contai tout ce qui m'était arrivé ; il me conta aussi ses aventures, et m'apprit comment il avait été envoyé chez le roi de Maroc par une puissance chrétienne, pour conclure avec ce monarque un traité, par lequel on lui fournirait de la poudre, des canons et des vaisseaux, pour l'aider à exterminer le commerce des autres chrétiens. "Ma mission est faite, me dit

---

1. Sur les castrats, voir chap. xxv. La question des castrats était à l'ordre du jour dans les années cinquante. À la fin de 1753, le castrat Gaetan Majorano, dit Cafarelli, avait eu une saison triomphale à Paris. Au moment où Voltaire écrit *Candide*, il peut lire le *Saggio sopre l'opera in musica* d'Algarotti, et il félicite ce dernier d'avoir dénoncé l'institution.

cet honnête eunuque ; je vais m'embarquer à Ceuta, et je vous ramènerai en Italie. *Ma che sciagura d'essere senza c... !* "

« Je le remerciai avec des larmes d'attendrissement ; et au lieu de me mener en Italie, il me conduisit à Alger, et me vendit au dey de cette province. À peine fus-je vendue que cette peste qui a fait le tour de l'Afrique, de l'Asie et de l'Europe, se déclara dans Alger avec fureur. Vous avez vu des tremblements de terre ; mais, mademoiselle, avez-vous jamais eu la peste ? — Jamais, répondit la baronne.

— Si vous l'aviez eue, reprit la vieille, vous avoueriez qu'elle est bien au-dessus d'un tremblement de terre. Elle est fort commune en Afrique ; j'en fus attaquée. Figurez-vous quelle situation pour la fille d'un pape, âgée de quinze ans, qui en trois mois de temps avait éprouvé la pauvreté, l'esclavage, avait été violée presque tous les jours, avait vu couper sa mère en quatre, avait essuyé la faim et la guerre, et mourait pestiférée dans Alger. Je n'en mourus pourtant pas. Mais mon eunuque et le dey, et presque tout le sérail d'Alger, périrent.

« Quand les premiers ravages de cette épouvantable peste furent passés, on vendit les esclaves du dey. Un marchand m'acheta et me mena à Tunis, il me vendit à un autre marchand, qui me revendit à Tripoli ; de Tripoli je fus revendue à Alexandrie, d'Alexandrie revendue à Smyrne, de Smyrne à Constantinople. J'appartins enfin à un aga des janissaires, qui fut bientôt commandé pour aller défendre Azof contre les Russes qui l'assiégeaient.

« L'aga, qui était un très galant homme, mena avec lui tout son sérail, et nous logea dans un petit fort sur les Palus-Méotides, gardé par deux eunuques noirs et vingt soldats. On tua prodigieusement de Russes, mais ils nous le rendirent bien. Azof fut mis à feu et à sang, et on ne pardonna ni au sexe ni à l'âge ; il ne resta que notre petit fort ; les ennemis voulurent nous prendre par famine. Les vingt janissaires avaient juré de ne se jamais rendre. Les extrémités de la faim où ils furent réduits les contraignirent à manger nos deux eunuques, de peur de violer leur serment. Au bout de quelques jours, ils résolurent de manger les femmes.

« Nous avions un iman très pieux et très compatissant, qui leur fit un beau sermon par lequel il leur persuada de ne nous pas tuer tout à fait. "Coupez, dit-il, seulement une fesse à chacune de ces dames, vous ferez très bonne chère ; s'il faut y revenir, vous en aurez encore autant dans quelques jours ; le ciel vous saura gré d'une action si charitable, et vous serez secourus."

« Il avait beaucoup d'éloquence ; il les persuada. On nous fit cette horrible opération. L'iman nous appliqua le même baume qu'on met aux enfants qu'on vient de circoncire. Nous étions toutes à la mort.

« À peine les janissaires eurent-ils fait le repas que nous leur avions fourni que les Russes arrivent sur des bateaux plats ; il ne réchappa pas un janissaire. Les Russes ne firent aucune attention à l'état où nous étions. Il y a partout des chirurgiens français : un d'eux, qui était fort adroit, prit soin de nous ; il nous guérit, et je me souviendrai toute ma vie que, quand les plaies furent bien fermées, il me fit des propositions. Au reste, il nous dit à toutes de nous consoler; il nous assura que dans plusieurs sièges pareille chose était arrivée, et que c'était la loi de la guerre.

« Dès que mes compagnes purent marcher, on les fit aller à Moscou. J'échus en partage à un boyard qui me fit sa jardinière, et qui me donnait vingt coups de fouet par jour. Mais ce seigneur ayant été roué au bout de deux ans avec une trentaine de boyards pour quelque tracasserie de cour, je profitai de cette aventure; je m'enfuis; je traversai toute la Russie; je fus longtemps servante de cabaret à Riga, puis à Rostock, à Vismar, à Leipsick, à Cassel, à Utrecht, à Leyde, à La Haye, à Rotterdam : j'ai vieilli dans la misère et dans l'opprobre, n'ayant que la moitié d'un derrière, me souvenant toujours que j'étais fille d'un pape; je voulus cent fois me tuer, mais j'aimais encore la vie. Cette faiblesse ridicule est peut-être un de nos penchants les plus funestes; car y a-t-il rien de plus sot que de vouloir porter continuellement un fardeau qu'on veut toujours jeter par terre? d'avoir son être en horreur, et de tenir à son être? enfin de caresser le serpent qui nous dévore, jusqu'à ce qu'il nous ait mangé le cœur?

« J'ai vu dans les pays que le sort m'a fait parcourir, et dans les cabarets où j'ai servi, un nombre prodigieux de personnes qui avaient leur existence en exécration; mais je n'en ai vu que douze qui aient mis volontairement fin à leur misère : trois nègres, quatre Anglais, quatre Genevois et un professeur allemand nommé

Robeck[1]. J'ai fini par être servante chez le Juif don Issacar ; il me mit auprès de vous, ma belle demoiselle ; je me suis attachée à votre destinée, et j'ai été plus occupée de vos aventures que des miennes. Je ne vous aurais même jamais parlé de mes malheurs, si vous ne m'aviez pas un peu piquée, et s'il n'était d'usage dans un vaisseau de conter des histoires pour se désennuyer. Enfin, mademoiselle, j'ai de l'expérience, je connais le monde ; donnez-vous un plaisir, engagez chaque passager à vous conter son histoire ; et s'il s'en trouve un seul qui n'ait souvent maudit sa vie, qui ne se soit souvent dit à lui-même qu'il était le plus malheureux des hommes, jetez-moi dans la mer la tête la première. »

CHAPITRE TREIZIÈME

Comment Candide fut obligé
de se séparer de la belle Cunégonde
et de la vieille

La belle Cunégonde, ayant entendu l'histoire de la vieille, lui fit toutes les politesses qu'on devait à une personne de son rang et de son mérite. Elle accepta la proposition ; elle engagea tous les passagers l'un après

---

1. Robeck est un personnage historique. Né à Colmar en 1672, il soutint en Suède des thèses sur le ridicule d'aimer la vie, et termina la sienne en se noyant volontairement en 1739.

l'autre à lui conter leurs aventures. Candide et elle avouèrent que la vieille avait raison. «C'est bien dommage, disait Candide, que le sage Pangloss ait été pendu contre la coutume dans un auto-da-fé; il nous dirait des choses admirables sur le mal physique et sur le mal moral qui couvrent la terre et la mer, et je me sentirais assez de force pour oser lui faire respectueusement quelques objections.»

À mesure que chacun racontait son histoire, le vaisseau avançait. On aborda dans Buenos-Ayres. Cunégonde, le capitaine Candide et la vieille allèrent chez le gouverneur Don Fernando d'Ibaraa, y Figueora, y Mascarenes, y Lampourdos, y Souza[1]. Ce seigneur avait une fierté convenable à un homme qui portait tant de noms. Il parlait aux hommes avec le dédain le plus noble, portant le nez si haut, élevant si impitoyablement la voix, prenant un ton si imposant, affectant une démarche si altière, que tous ceux qui le saluaient étaient tentés de le battre. Il aimait les femmes à la fureur. Cunégonde lui parut ce qu'il avait jamais vu de plus beau. La première chose qu'il fit fut de demander si elle n'était point la femme du capitaine. L'air dont il fit cette question alarma Candide : il n'osa pas dire qu'elle était sa femme[2], parce qu'en effet elle ne l'était

---

1. Le nom est évidemment caricatural. Ibaraa, Figueora, Souza proviennent de lectures préparatoires aux chapitres de l'*Essai sur les mœurs* (1756) relatifs à l'Amérique du Sud.
2. C'est l'histoire d'Abraham et de Sara : voir l'article «Abraham» du *Dictionnaire philosophique*, paru en 1772, mais rédigé dès septembre 1752 à Berlin : «Il est également bien difficile d'expliquer comment Sara, femme d'Abraham, était aussi sa sœur.»

point; il n'osait pas dire que c'était sa sœur, parce qu'elle ne l'était pas non plus; et quoique ce mensonge officieux eût été autrefois très à la mode chez les anciens, et qu'il pût être utile aux modernes, son âme était trop pure pour trahir la vérité. «Mlle Cunégonde, dit-il, doit me faire l'honneur de m'épouser, et nous supplions Votre Excellence de daigner faire notre noce.»

Don Fernando d'Ibaraa, y Figueora, y Mascarenes, y Lampourdos, y Souza, relevant sa moustache, sourit amèrement, et ordonna au capitaine Candide d'aller faire la revue de sa compagnie. Candide obéit; le gouverneur demeura avec Mlle Cunégonde. Il lui déclara sa passion, lui protesta que le lendemain il l'épouserait à la face de l'Église, ou autrement, ainsi qu'il plairait à ses charmes. Cunégonde lui demanda un quart d'heure pour se recueillir, pour consulter la vieille et pour se déterminer.

La vieille dit à Cunégonde : «Mademoiselle, vous avez soixante et douze quartiers, et pas une obole; il ne tient qu'à vous d'être la femme du plus grand seigneur de l'Amérique méridionale, qui a une très belle moustache; est-ce à vous de vous piquer d'une fidélité à toute épreuve? Vous avez été violée par les Bulgares; un Juif et un inquisiteur ont eu vos bonnes grâces : les malheurs donnent des droits. J'avoue que, si j'étais à votre place, je ne ferais aucun scrupule d'épouser monsieur le gouverneur et de faire la fortune de M. le capitaine Candide.» Tandis que la vieille parlait avec toute la prudence que l'âge et l'expérience donnent, on vit entrer dans le port un petit vaisseau; il portait un alcade et des alguazils, et voici ce qui était arrivé.

La vieille avait très bien deviné que ce fut un cordelier à la grande manche[1] qui vola l'argent et les bijoux de Cunégonde dans la ville de Badajoz, lorsqu'elle fuyait en hâte avec Candide. Ce moine voulut vendre quelques-unes des pierreries à un joaillier. Le marchand les reconnut pour celles du grand inquisiteur. Le cordelier, avant d'être pendu, avoua qu'il les avait volées ; il indiqua les personnes et la route qu'elles prenaient. La fuite de Cunégonde et de Candide était déjà connue. On les suivit à Cadix ; on envoya sans perdre temps un vaisseau à leur poursuite. Le vaisseau était déjà dans le port de Buenos-Ayres. Le bruit se répandit qu'un alcade allait débarquer, et qu'on poursuivait les meurtriers de monseigneur le grand inquisiteur. La prudente vieille vit dans l'instant tout ce qui était à faire. « Vous ne pouvez fuir, dit-elle à Cunégonde, et vous n'avez rien à craindre ; ce n'est pas vous qui avez tué monseigneur ; et d'ailleurs le gouverneur, qui vous aime, ne souffrira pas qu'on vous maltraite ; demeurez. » Elle court sur-le-champ à Candide : « Fuyez, dit-elle, ou dans une heure vous allez être brûlé. » Il n'y avait pas un moment à perdre ; mais comment se séparer de Cunégonde, et où se réfugier ?

---

1. Ce cordelier à la grande manche est un religieux de l'ordre de Saint-François. Sur la dispute qui oppose les religieux entre eux sur la forme de leur manche et de leur capuchon, voir la *XIIIe Lettre philosophique*, ainsi que *Les Lettres d'Amabed* (seconde lettre d'Adaté à Shastasid).

CHAPITRE QUATORZIÈME

Comment Candide et Cacambo
furent reçus chez les jésuites du Paraguay[1]

Candide avait amené de Cadix un valet tel qu'on en trouve beaucoup sur les côtes d'Espagne et dans les colonies. C'était un quart d'Espagnol, né d'un métis dans le Tucuman ; il avait été enfant de chœur, sacristain, matelot, moine, facteur[2], soldat, laquais. Il s'appelait Cacambo, et aimait fort son maître parce que son maître était un fort bon homme. Il sella au plus vite les deux chevaux andalous. «Allons, mon maître, suivons le conseil de la vieille ; partons, et courons sans regarder derrière nous. » Candide versa des larmes. «Ô ma chère Cunégonde ! faut-il vous abandonner dans le temps que monsieur le gouverneur va faire nos noces ! Cunégonde amenée de si loin, que deviendrez-vous ? — Elle deviendra ce qu'elle pourra, dit Cacambo ; les femmes ne sont jamais embarrassées d'elles ; Dieu y pourvoit ; courons. — Où me mènes-tu ? où allons-nous ? que ferons-nous sans Cunégonde ? disait Can-

---

1. Le chapitre CLIV de l'*Essai sur les mœurs*, paru en 1761, a été écrit en janvier 1758. Titre : «Du Paraguay. De la domination des Jésuites dans cette partie de l'Amérique ; de leurs querelles avec les Espagnols et les Portugais ».

2. *Facteur* : «celui qui fait le négoce pour le compte d'un autre» (*Dictionnaire général*, 9ᵉ éd., 1932).

dide. — Par saint Jacques de Compostelle, dit Cacambo, vous alliez faire la guerre aux jésuites ; allons la faire pour eux : je sais assez les chemins, je vous mènerai dans leur royaume, ils seront charmés d'avoir un capitaine qui fasse l'exercice à la bulgare ; vous ferez une fortune prodigieuse ; quand on n'a pas son compte dans un monde, on le trouve dans un autre. C'est un très grand plaisir de voir et de faire des choses nouvelles.

— Tu as donc été déjà dans le Paraguay ? dit Candide. — Eh vraiment oui ! dit Cacambo ; j'ai été cuistre dans le collège de l'Assomption, et je connais le gouvernement de Los Padres comme je connais les rues de Cadix. C'est une chose admirable que ce gouvernement. Le royaume [1] a déjà plus de trois cents lieues de diamètre ; il est divisé en trente provinces. Los Padres y ont tout, et les peuples rien ; c'est le chef-d'œuvre de la raison et de la justice. Pour moi, je ne vois rien de si divin que Los Padres, qui font ici la guerre au roi d'Espagne et au roi de Portugal, et qui en Europe confessent ces rois ; qui tuent ici des Espagnols, et qui à Madrid les envoient au ciel : cela me ravit ; avançons ; vous allez être le plus heureux de tous les hommes. Quel plaisir auront Los Padres quand ils sauront qu'il leur vient un capitaine qui sait l'exercice bulgare ! »

1. Allusion à une prétendue élection d'un père jésuite comme roi du Paraguay, Nicolas Ier. Ce bruit fut démenti, mais, comme l'écrit Voltaire à Mme de Lutzelbourg (12 avril 1756) : « Il est vrai qu'il n'y a point de roi Nicolas, mais il n'en est pas moins vrai que les Jésuites sont autant de rois au Paraguay. »

Dès qu'ils furent arrivés à la première barrière, Cacambo dit à la garde avancée qu'un capitaine demandait à parler à monseigneur le commandant. On alla avertir la grande garde. Un officier paraguain courut aux pieds du commandant lui donner part de la nouvelle. Candide et Cacambo furent d'abord désarmés ; on se saisit de leurs deux chevaux andalous. Les deux étrangers sont introduits au milieu de deux files de soldats ; le commandant était au bout, le bonnet à trois cornes en tête, la robe retroussée, l'épée au côté, l'esponton à la main. Il fit un signe ; aussitôt vingt-quatre soldats entourent les deux nouveaux venus. Un sergent leur dit qu'il faut attendre, que le commandant ne peut leur parler, que le révérend père provincial ne permet pas qu'aucun Espagnol ouvre la bouche qu'en sa présence, et demeure plus de trois heures dans le pays. « Et où est le révérend père provincial ? dit Cacambo. — Il est à la parade après avoir dit sa messe, répondit le sergent ; et vous ne pourrez baiser ses éperons que dans trois heures. — Mais, dit Cacambo, monsieur le capitaine, qui meurt de faim comme moi, n'est point espagnol, il est allemand ; ne pourrions-nous point déjeuner en attendant Sa Révérence ? »

Le sergent alla sur-le-champ rendre compte de ce discours au commandant. « Dieu soit béni ! dit ce seigneur ; puisqu'il est allemand, je peux lui parler ; qu'on le mène dans ma feuillée. » Aussitôt on conduit Candide dans un cabinet de verdure orné d'une très jolie colonnade de marbre vert et or, et de treillages qui renfermaient des perroquets, des colibris, des oiseaux-mouches, des pintades, et tous les oiseaux les plus rares. Un excellent déjeuner était préparé dans des vases d'or ; et tandis que les Paraguains mangèrent du maïs dans des écuelles de bois, en plein champ, à l'ardeur du soleil, le révérend père commandant entra dans la feuillée.

C'était un très beau jeune homme, le visage plein, assez blanc, haut en couleur, le sourcil relevé, l'œil vif, l'oreille rouge, les lèvres vermeilles, l'air fier, mais d'une fierté qui n'était ni celle d'un Espagnol ni celle d'un jésuite. On rendit à Candide et à Cacambo leurs armes, qu'on leur avait saisies, ainsi que les deux chevaux andalous ; Cacambo leur fit manger l'avoine auprès de la feuillée, ayant toujours l'œil sur eux, crainte de surprise.

Candide baisa d'abord le bas de la robe du commandant, ensuite ils se mirent à table. « Vous êtes donc allemand ? lui dit le jésuite en cette langue. — Oui, mon Révérend Père », dit Candide. L'un et l'autre, en prononçant ces paroles, se regardaient avec une extrême surprise et une émotion dont ils n'étaient pas les maîtres. « Et de quel pays d'Allemagne êtes-vous ? dit le jésuite. — De la sale province de Westphalie, dit Candide : je suis né dans le château de Thunder-ten-tronckh. — Ô ciel ! est-il possible ? s'écria le commandant. — Quel miracle ! s'écria Candide. — Serait-ce vous ? dit le commandant. — Cela n'est pas possible », dit Candide. Ils se laissent tomber tous deux à la renverse, ils s'embrassent, ils versent des ruisseaux de larmes. « Quoi ! serait-ce vous, mon Révérend Père ? vous, le frère de la belle Cunégonde ! vous, qui fûtes tué par les Bulgares ! vous, le fils de monsieur le baron ! vous, jésuite au Paraguay ! Il faut avouer que ce monde est une étrange chose. Ô Pangloss! Pangloss! que vous seriez aise si vous n'aviez pas été pendu!»

Le commandant fit retirer les esclaves nègres et les Paraguains qui servaient à boire dans des gobelets de cristal de roche. Il remercia Dieu et saint Ignace mille fois; il serrait Candide entre ses bras; leurs visages étaient baignés de pleurs. «Vous seriez bien plus étonné, plus attendri, plus hors de vous-même, dit Candide, si je vous disais que Mlle Cunégonde, votre sœur, que vous avez crue éventrée, est pleine de santé. — Où? — Dans votre voisinage, chez M. le gouverneur de Buenos-Ayres; et je venais pour vous faire la guerre.» Chaque mot qu'ils prononcèrent dans cette longue conversation accumulait prodige sur prodige. Leur âme tout entière volait sur leur langue, était attentive dans leurs oreilles et étincelante dans leurs yeux. Comme ils étaient allemands, ils tinrent table longtemps, en attendant le révérend père provincial; et le commandant parla ainsi à son cher Candide.

CHAPITRE QUINZIÈME

Comment Candide tua le frère de sa chère Cunégonde

«J'aurai toute ma vie présent à la mémoire le jour horrible où je vis tuer mon père et ma mère, et violer ma sœur. Quand les Bulgares furent retirés, on ne trouva point cette sœur adorable, et on mit dans une charrette ma mère, mon père et moi, deux servantes et trois petits garçons égorgés, pour nous aller enterrer dans une chapelle de jésuites, à deux lieues du château de mes pères. Un jésuite nous jeta de l'eau bénite ; elle était horriblement salée ; il en entra quelques gouttes dans mes yeux ; le père s'aperçut que ma paupière faisait un petit mouvement : il mit la main sur mon cœur et le sentit palpiter ; je fus secouru, et, au bout de trois semaines, il n'y paraissait pas. Vous savez, mon cher Candide, que j'étais fort joli, je le devins encore davantage ; aussi le révérend père Croust [1], supérieur de la maison, prit pour moi la plus tendre amitié ; il me donna l'habit de novice ; quelque temps après je fus envoyé à Rome. Le père général avait besoin d'une recrue de jeunes jésuites allemands. Les souverains du Paraguay reçoivent le moins qu'ils peuvent de jésuites espagnols ; ils aiment mieux les étrangers, dont ils se croient plus maîtres. Je fus jugé propre par le révérend père général pour aller travailler dans cette vigne. Nous partîmes, un Polonais, un Tyrolien et moi. Je fus honoré, en arrivant, du sous-diaconat et d'une lieutenance ; je suis aujourd'hui colonel et prêtre. Nous recevrons vigoureusement les troupes du roi d'Espagne ; je vous réponds qu'elles seront excommuniées et battues. La Providence vous envoie ici pour nous seconder. Mais est-il bien vrai que ma chère sœur Cunégonde soit

---

1. Le révérend père Croust est un des jésuites avec lesquels Voltaire avait eu maille à partir pendant son séjour à Colmar, au début de 1754, après ses mésaventures allemandes.

dans le voisinage, chez le gouverneur de Buenos-Ayres ? » Candide l'assura par serment que rien n'était plus vrai. Leurs larmes recommencèrent à couler.

Le baron ne pouvait se lasser d'embrasser Candide ; il l'appelait son frère, son sauveur. « Ah ! peut-être, lui dit-il, nous pourrons ensemble, mon cher Candide, entrer en vainqueurs dans la ville, et reprendre ma sœur Cunégonde. — C'est tout ce que je souhaite, dit Candide ; car je comptais l'épouser, et je l'espère encore. — Vous, insolent ! répondit le baron, vous auriez l'impudence d'épouser ma sœur qui a soixante et douze quartiers ! Je vous trouve bien effronté d'oser me parler d'un dessein si téméraire ! » Candide, pétrifié d'un tel discours, lui répondit : « Mon Révérend Père, tous les quartiers du monde n'y font rien ; j'ai tiré votre sœur des bras d'un Juif et d'un inquisiteur ; elle m'a assez d'obligations, elle veut m'épouser. Maître Pangloss m'a toujours dit que les hommes sont égaux, et assurément je l'épouserai. — C'est ce que nous verrons, coquin ! » dit le jésuite baron de Thunder-ten-tronckh, et en même temps il lui donna un grand coup du plat de son épée sur le visage. Candide dans l'instant tire la sienne et l'enfonce jusqu'à la garde dans le ventre du baron jésuite ; mais, en la retirant toute fumante, il se mit à pleurer : « Hélas ! mon Dieu, dit-il, j'ai tué mon ancien maître, mon ami, mon beau-frère ; je suis le meilleur homme du monde, et voilà déjà trois hommes que je tue ; et dans ces trois il y a deux prêtres. »

Cacambo, qui faisait sentinelle à la porte de la feuillée, accourut. « Il ne nous reste qu'à vendre cher notre vie, lui dit son maître : on va sans doute entrer dans la feuillée, il faut mourir les armes à la main.» Cacambo, qui en avait vu bien d'autres, ne perdit point la tête ; il prit la robe de jésuite que portait le baron, la mit sur le corps de Candide, lui donna le bonnet carré du mort, et le fit monter à cheval. Tout cela se fit en un clin d'œil. «Galopons, mon maître ; tout le monde vous prendra pour un jésuite qui va donner des ordres ; et nous aurons passé les frontières avant qu'on puisse courir après nous.» Il volait déjà en prononçant ces paroles, et en criant en espagnol : «Place, place pour le révérend père colonel.»

CHAPITRE SEIZIÈME

Ce qui advint aux deux voyageurs
avec deux filles, deux singes
et les sauvages nommés Oreillons[1]

Candide et son valet furent au-delà des barrières, et personne ne savait encore dans le camp la mort du jésuite allemand. Le vigilant Cacambo avait eu soin de remplir sa valise de pain, de chocolat, de jambon, de

---

1. Garcilaso de La Vega, dans son *Histoire des Incas du Pérou* (1704), donne une carte de «la partie méridionale du Pérou», laquelle porte, au-dessus du mot Paraguai, la mention «Orejones ou Indiens à grandes oreilles».

fruits et de quelques mesures de vin. Ils s'enfoncèrent
avec leurs chevaux andalous dans un pays inconnu, où
ils ne découvrirent aucune route. Enfin une belle prairie entrecoupée de ruisseaux se présenta devant eux.
Nos deux voyageurs font repaître leurs montures.
Cacambo propose à son maître de manger, et lui en
donne l'exemple. «Comment veux-tu, disait Candide,
que je mange du jambon, quand j'ai tué le fils de monsieur le baron, et que je me vois condamné à ne revoir
la belle Cunégonde de ma vie ? à quoi me servira de
prolonger mes misérables jours, puisque je dois les
traîner loin d'elle dans les remords et dans le désespoir ? et que dira le journal de Trévoux[1] ?»

En parlant ainsi, il ne laissait pas de manger. Le
soleil se couchait. Les deux égarés entendirent
quelques petits cris qui paraissaient poussés par des
femmes. Ils ne savaient si ces cris étaient de douleur
ou de joie ; mais ils se levèrent précipitamment avec
cette inquiétude et cette alarme que tout inspire dans
un pays inconnu. Ces clameurs partaient de deux filles
toutes nues qui couraient légèrement au bord de la prairie, tandis que deux singes les suivaient en leur mor-
dant les fesses. Candide fut touché de pitié ; il avait
appris à tirer chez les Bulgares, et il aurait abattu une

---

1. Le *Journal de Trévoux*, organe des jésuites, commença à atta-
quer Voltaire vers 1750, lorsqu'il se rallia au parti des Encyclopédistes. Son directeur, le P. Berthier, devint, à partir de 1759, une
cible privilégiée pour les quolibets de Voltaire. Voir notamment la
*Relation de la maladie, de la confession, de la mort et de l'appari-
tion* [toutes quatre fictives, ainsi qu'on s'en doute] *du jésuite Berthier* (1759).

noisette dans un buisson sans toucher aux feuilles. Il
prend son fusil espagnol à deux coups, tire, et tue les
deux singes. « Dieu soit loué, mon cher Cacambo ! j'ai
délivré d'un grand péril ces deux pauvres créatures ; si
j'ai commis un péché en tuant un inquisiteur et un
jésuite, je l'ai bien réparé en sauvant la vie à deux
filles. Ce sont peut-être deux demoiselles de condition,
et cette aventure nous peut procurer de très grands
avantages dans le pays. »

Il allait continuer, mais sa langue devint percluse
quand il vit ces deux filles embrasser tendrement les
deux singes, fondre en larmes sur leurs corps et remplir l'air des cris les plus douloureux. « Je ne m'atten-
dais pas à tant de bonté d'âme », dit-il enfin à
Cacambo ; lequel lui répliqua : « Vous avez fait là un
beau chef-d'œuvre, mon maître ; vous avez tué les
deux amants de ces demoiselles. — Leurs amants !
serait-il possible ? vous vous moquez de moi,
Cacambo ; le moyen de vous croire ? — Mon cher
maître, reprit Cacambo, vous êtes toujours étonné de
tout ; pourquoi trouvez-vous si étrange que dans
quelques pays il y ait des singes qui obtiennent les
bonnes grâces des dames ? Ils sont des quarts
d'hommes, comme je suis un quart d'Espagnol. —
Hélas ! reprit Candide, je me souviens d'avoir entendu
dire à maître Pangloss qu'autrefois pareils accidents
étaient arrivés, et que ces mélanges avaient produit des
égipans, des faunes, des satyres ; que plusieurs grands
personnages de l'antiquité en avaient vu ; mais je pre-
nais cela pour des fables. — Vous devez être
convaincu à présent, dit Cacambo, que c'est une vérité,

et vous voyez comment en usent les personnes qui n'ont pas reçu une certaine éducation ; tout ce que je crains, c'est que ces dames ne nous fassent quelque méchante affaire. »

Ces réflexions solides engagèrent Candide à quitter la prairie et à s'enfoncer dans un bois. Il y soupa avec Cacambo ; et tous deux, après avoir maudit l'inquisiteur de Portugal, le gouverneur de Buenos-Ayres et le baron, s'endormirent sur de la mousse. À leur réveil, ils sentirent qu'ils ne pouvaient remuer [1] ; la raison en était que pendant la nuit les Oreillons, habitants du pays, à qui les deux dames les avaient dénoncés, les avaient garrottés avec des cordes d'écorce d'arbre. Ils étaient entourés d'une cinquantaine d'Oreillons tout nus, armés de flèches, de massues et de haches de caillou : les uns faisaient bouillir une grande chaudière ; les autres préparaient des broches, et tous criaient : « C'est un jésuite, c'est un jésuite ! nous serons vengés, et nous ferons bonne chère ; mangeons du jésuite, mangeons du jésuite ! »

« Je vous l'avais bien dit, mon cher maître, s'écria tristement Cacambo, que ces deux filles nous joueraient d'un mauvais tour. » Candide, apercevant la chaudière et les broches, s'écria : « Nous allons certainement être rôtis ou bouillis. Ah ! que dirait maître Pangloss, s'il voyait comme la pure nature est faite ? Tout est bien ; soit, mais j'avoue qu'il est bien cruel

---

1. Souvenir des *Voyages de Gulliver* (1726), où le héros est ainsi ligoté pendant son sommeil par les habitants de Lilliput. Voltaire, on le sait, avait la plus grande admiration pour Swift.

d'avoir perdu Mlle Cunégonde et d'être mis à la broche par des Oreillons. » Cacambo ne perdait jamais la tête. « Ne désespérez de rien, dit-il au désolé Candide ; j'entends un peu le jargon de ces peuples, je vais leur parler. — Ne manquez pas, dit Candide, de leur représenter quelle est l'inhumanité affreuse de faire cuire des hommes, et combien cela est peu chrétien. »

« Messieurs, dit Cacambo, vous comptez donc manger aujourd'hui un jésuite : c'est très bien fait ; rien n'est plus juste que de traiter ainsi ses ennemis. En effet le droit naturel nous enseigne à tuer notre prochain, et c'est ainsi qu'on en agit dans toute la terre. Si nous n'usons pas du droit de le manger, c'est que nous avons d'ailleurs de quoi faire bonne chère ; mais vous n'avez pas les mêmes ressources que nous ; certainement il vaut mieux manger ses ennemis que d'abandonner aux corbeaux et aux corneilles le fruit de sa victoire. Mais, messieurs, vous ne voudriez pas manger vos amis. Vous croyez aller mettre un jésuite en broche, et c'est votre défenseur, c'est l'ennemi de vos ennemis que vous allez rôtir. Pour moi, je suis né dans votre pays ; monsieur que vous voyez est mon maître, et, bien loin d'être jésuite, il vient de tuer un jésuite, il en porte les dépouilles : voilà le sujet de votre méprise. Pour vérifier ce que je vous dis, prenez sa robe, portez-la à la première barrière du royaume de Los Padres ; informez-vous si mon maître n'a pas tué un officier jésuite. Il vous faudra peu de temps ; vous pourrez toujours nous manger si vous trouvez que je vous ai menti. Mais, si je vous ai dit la vérité, vous connaissez trop les principes du droit public, les mœurs et les lois, pour ne nous pas faire grâce. »

Les Oreillons trouvèrent ce discours très raisonnable ; ils députèrent deux notables pour aller en diligence s'informer de la vérité ; les deux députés s'acquittèrent de leur commission en gens d'esprit, et revinrent bientôt apporter de bonnes nouvelles. Les Oreillons délièrent leurs deux prisonniers, leur firent toutes sortes de civilités, leur offrirent des filles, leur donnèrent des rafraîchissements, et les reconduisirent jusqu'aux confins de leurs États, en criant avec allégresse : « Il n'est point jésuite, il n'est point jésuite ! »

Candide ne se lassait point d'admirer le sujet de sa délivrance. « Quel peuple ! disait-il, quels hommes ! quelles mœurs ! Si je n'avais pas eu le bonheur de donner un grand coup d'épée au travers du corps du frère de Mlle Cunégonde, j'étais mangé sans rémission. Mais, après tout, la pure nature est bonne, puisque ces gens-ci, au lieu de me manger, m'ont fait mille honnêtetés dès qu'ils ont su que je n'étais pas jésuite. »

CHAPITRE DIX-SEPTIÈME

*Arrivée de Candide et de son valet
au pays d'Eldorado [1],
et ce qu'ils y virent*

Quand ils furent aux frontières des Oreillons :
« Vous voyez, dit Cacambo à Candide, que cet hémi-
sphère-ci ne vaut pas mieux que l'autre : croyez-moi,
retournons en Europe par le plus court. — Comment
y retourner ? dit Candide, et où aller ? Si je vais dans
mon pays, les Bulgares et les Abares y égorgent tout ;
si je retourne en Portugal, j'y suis brûlé ; si nous
restons dans ce pays-ci, nous risquons à tout moment
d'être mis en broche. Mais comment se résoudre
à quitter la partie du monde que Mlle Cunégonde
habite ?

— Tournons vers la Cayenne, dit Cacambo : nous

---

1. Sur l'Eldorado, outre les ouvrages de William Raleigh et de
Garcilaso de La Vega, souvent cités, les principales sources de Voltaire sont : *Histoire générale des conquêtes et voyages des Castillans*,
de Herrera, traduction de La Coste, 1761, lue par Voltaire dès 1740 ;
Histoire de la conquête du Mexique ou de la Nouvelle-Espagne, traduction de l'espagnol par Antonio de Solis, 1691. Voltaire l'a lue dès
septembre 1753. — L'Eldorado, pays fabuleux, avait été imaginé et
recherché par les conquistadores du xve siècle. Situé entre l'Orénoque
et l'Amazone, il aurait été le refuge des derniers Incas. Voltaire a toujours raillé l'obstination avec laquelle les voyageurs espagnols
avaient recherché ce pays imaginaire. Voir l'*Essai sur les mœurs*,
chap. cli, « Des possessions des Français en Amérique ».

y trouverons des Français, qui vont par tout le monde ; ils pourront nous aider. Dieu aura peut-être pitié de nous. »

Il n'était pas facile d'aller à la Cayenne : ils savaient bien à peu près de quel côté il fallait marcher ; mais des montagnes, des fleuves, des précipices, des brigands, des sauvages, étaient partout de terribles obstacles. Leurs chevaux moururent de fatigue ; leurs provisions furent consumées ; ils se nourrirent un mois entier de fruits sauvages, et se trouvèrent enfin auprès d'une petite rivière bordée de cocotiers, qui soutinrent leur vie et leurs espérances.

Cacambo, qui donnait toujours d'aussi bons conseils que la vieille, dit à Candide : « Nous n'en pouvons plus, nous avons assez marché ; j'aperçois un canot vide sur le rivage, emplissons-le de cocos, jetons-nous dans cette petite barque, laissons-nous aller au courant ; une rivière mène toujours à quelque endroit habité. Si nous ne trouvons pas des choses agréables, nous trouverons du moins des choses nouvelles. — Allons, dit Candide, recommandons-nous à la Providence. »

Ils voguèrent quelques lieues entre des bords tantôt fleuris, tantôt arides, tantôt unis, tantôt escarpés. La rivière s'élargissait toujours ; enfin elle se perdait sous une voûte de rochers épouvantables qui s'élevaient jusqu'au ciel. Les deux voyageurs eurent la hardiesse de s'abandonner aux flots sous cette voûte. Le fleuve, resserré en cet endroit, les porta avec une rapidité et un bruit horrible. Au bout de vingt-quatre heures ils revirent le jour ; mais leur canot se fracassa contre les écueils ; il fallut se traîner de rocher en rocher pendant une lieue entière ; enfin ils découvrirent un horizon immense, bordé de montagnes inaccessibles. Le pays était cultivé pour le plaisir comme pour le besoin ; partout l'utile était agréable. Les chemins étaient couverts ou plutôt ornés de voitures d'une forme et d'une matière brillante, portant des hommes et des femmes d'une beauté singulière, traînés rapidement par de gros moutons rouges qui surpassaient en vitesse les plus beaux chevaux d'Andalousie, de Tétuan et de Méquinez.

« Voilà pourtant, dit Candide, un pays qui vaut mieux que la Westphalie. » Il mit pied à terre avec Cacambo auprès du premier village qu'il rencontra. Quelques enfants du village, couverts de brocarts d'or tout déchirés, jouaient au palet à l'entrée du bourg ; nos deux hommes de l'autre monde s'amusèrent à les regarder : leurs palets étaient d'assez larges pièces rondes, jaunes, rouges, vertes, qui jetaient un éclat singulier. Il prit envie aux voyageurs d'en ramasser quelques-uns ; c'était de l'or, c'était des émeraudes, des rubis, dont le moindre aurait été le plus grand ornement du trône du Mongol. « Sans doute, dit Cacambo, ces enfants sont les fils du roi du pays qui jouent au petit palet. » Le magister du village parut dans ce moment pour les faire rentrer à l'école. « Voilà, dit Candide, le précepteur de la famille royale. »

Les petits gueux quittèrent aussitôt le jeu, en laissant à terre leurs palets et tout ce qui avait servi à leurs divertissements. Candide les ramasse, court au précepteur, et les lui présente humblement, lui faisant entendre par signes que Leurs Altesses Royales avaient oublié leur or et leurs pierreries. Le magister du village, en souriant, les jeta par terre, regarda un moment la figure de Candide avec beaucoup de surprise, et continua son chemin.

Les voyageurs ne manquèrent pas de ramasser l'or, les rubis et les émeraudes. « Où sommes-nous ? s'écria Candide ; il faut que les enfants des rois de ce pays soient bien élevés, puisqu'on leur apprend à mépriser l'or et les pierreries. » Cacambo était aussi surpris que Candide. Ils approchèrent enfin de la première maison du village ; elle était bâtie comme un palais d'Europe. Une foule de monde s'empressait à la porte, et encore plus dans le logis. Une musique très agréable se faisait entendre, et une odeur délicieuse de cuisine se faisait sentir. Cacambo s'approcha de la porte, et entendit qu'on parlait péruvien ; c'était sa langue maternelle : car tout le monde sait que Cacambo était né au Tucuman, dans un village où l'on ne connaissait que cette langue. « Je vous servirai d'interprète, dit-il à Candide ; entrons, c'est ici un cabaret. »

Aussitôt deux garçons et deux filles de l'hôtellerie, vêtus de drap d'or, et les cheveux renoués avec des rubans, les invitent à se mettre à la table de l'hôte. On servit quatre potages garnis chacun de deux perroquets, un contour bouilli[1] qui pesait deux cents livres, deux singes rôtis d'un goût excellent, trois cents colibris dans un plat, et six cents oiseaux-mouches dans un

1. *Contour* est le nom indigène du condor.

autre ; des ragoûts exquis, des pâtisseries délicieuses ;
le tout dans des plats d'une espèce de cristal de roche.
Les garçons et les filles de l'hôtellerie versaient plusieurs liqueurs faites de canne de sucre.

Les convives étaient pour la plupart des marchands
et des voituriers, tous d'une politesse extrême, qui
firent quelques questions à Cacambo avec la discrétion
la plus circonspecte, et qui répondirent aux siennes
d'une manière à le satisfaire.

Quand le repas fut fini, Cacambo crut, ainsi que
Candide, bien payer son écot en jetant sur la table de
l'hôte deux de ces larges pièces d'or qu'il avait ramas-
sées ; l'hôte et l'hôtesse éclatèrent de rire, et se tinrent
longtemps les côtés. Enfin ils se remirent : « Messieurs,
dit l'hôte, nous voyons bien que vous êtes des étrangers ; nous ne sommes pas accoutumés à en voir. Par-
donnez-nous si nous nous sommes mis à rire quand
vous nous avez offert en payement les cailloux de nos
grands chemins. Vous n'avez pas sans doute de la
monnaie du pays, mais il n'est pas nécessaire d'en
avoir pour dîner ici. Toutes les hôtelleries établies pour
la commodité du commerce sont payées par le gouvernement. Vous avez fait mauvaise chère ici, parce
que c'est un pauvre village ; mais partout ailleurs vous
serez reçus comme vous méritez de l'être. » Cacambo
expliquait à Candide tous les discours de l'hôte, et
Candide les écoutait avec la même admiration et le
même égarement que son ami Cacambo les rendait.
« Quel est donc ce pays, disaient-ils l'un et l'autre,
inconnu à tout le reste de la terre, et où toute la nature
est d'une espèce si différente de la nôtre ? C'est pro-

bablement le pays où tout va bien ; car il faut absolument qu'il y en ait de cette espèce. Et, quoi qu'en dît
maître Pangloss, je me suis souvent aperçu que tout
allait assez mal en Westphalie. »

CHAPITRE DIX-HUITIÈME

Ce qu'ils virent dans le pays d'Eldorado

Cacambo témoigna à son hôte toute sa curiosité ;
l'hôte lui dit : « Je suis fort ignorant, et je m'en trouve
bien ; mais nous avons ici un vieillard [1] retiré de la cour,
qui est le plus savant homme du royaume, et le plus
communicatif. » Aussitôt il mène Cacambo chez le
vieillard. Candide ne jouait plus que le second personnage, et accompagnait son valet. Ils entrèrent dans une
maison fort simple, car la porte n'était que d'argent, et
les lambris des appartements n'étaient que d'or, mais
travaillés avec tant de goût que les plus riches lambris
ne l'effaçaient pas. L'antichambre n'était à la vérité
incrustée que de rubis et d'émeraudes ; mais l'ordre
dans lequel tout était arrangé réparait bien cette
extrême simplicité.

Le vieillard reçut les deux étrangers sur un sopha

---

1. Voltaire se souvient sans doute du vieillard de Tarente, des
Géorgiques de Virgile (IV, 116-148), ainsi que de Mentor dans le
Télémaque de Fénelon, symbole de la sagesse.

matelassé de plumes de colibri, et leur fit présenter des liqueurs dans des vases de diamant ; après quoi il satisfit à leur curiosité en ces termes :

« Je suis âgé de cent soixante et douze ans, et j'ai appris de feu mon père, écuyer du roi, les étonnantes révolutions du Pérou dont il avait été témoin. Le royaume où nous sommes est l'ancienne patrie des Incas, qui en sortirent très imprudemment pour aller subjuguer une partie du monde, et qui furent enfin détruits par les Espagnols.

« Les princes de leur famille qui restèrent dans leur pays natal furent plus sages ; ils ordonnèrent, du consentement de la nation, qu'aucun habitant ne sortirait jamais de notre petit royaume ; et c'est ce qui nous a conservé notre innocence et notre félicité. Les Espagnols ont eu une connaissance confuse de ce pays, ils l'ont appelé El Dorado, et un Anglais, nommé le chevalier Raleigh, en a même approché il y a environ cent années ; mais, comme nous sommes entourés de rochers inabordables et de précipices, nous avons toujours été jusqu'à présent à l'abri de la rapacité des nations de l'Europe, qui ont une fureur inconcevable pour les cailloux et pour la fange de notre terre, et qui, pour en avoir, nous tueraient tous jusqu'au dernier. »

La conversation fut longue ; elle roula sur la forme du gouvernement, sur les mœurs, sur les femmes, sur les spectacles publics, sur les arts. Enfin Candide, qui avait toujours du goût pour la métaphysique, fit demander par Cacambo si dans le pays il y avait une religion.

Le vieillard rougit un peu. « Comment donc, dit-il, en pouvez-vous douter ? Est-ce que vous nous prenez

pour des ingrats ? » Cacambo demanda humblement
quelle était la religion d'Eldorado. Le vieillard rougit
encore. « Est-ce qu'il peut y avoir deux religions ? dit-
il ; nous avons, je crois, la religion de tout le monde :
nous adorons Dieu du soir jusqu'au matin. — N'ado-
rez-vous qu'un seul Dieu ? dit Cacambo, qui servait
toujours d'interprète aux doutes de Candide. — Apparemment, dit le vieillard, qu'il n'y en a ni deux, ni trois,
ni quatre. Je vous avoue que les gens de votre monde
font des questions bien singulières. » Candide ne se lassait pas de faire interroger ce bon vieillard ; il voulut
savoir comment on priait Dieu dans l'Eldorado. « Nous
ne le prions point, dit le bon et respectable sage ; nous
n'avons rien à lui demander ; il nous a donné tout ce
qu'il nous faut ; nous le remercions sans cesse. » Candide eut la curiosité de voir des prêtres ; il fit demander où ils étaient. Le bon vieillard sourit. « Mes amis,
dit-il, nous sommes tous prêtres ; le roi et tous les chefs
de famille chantent des cantiques d'actions de grâces
solennellement tous les matins ; et cinq ou six mille
musiciens les accompagnent.

— Quoi ! vous n'avez point de moines qui ensei-
gnent, qui disputent, qui gouvernent, qui cabalent, et
qui font brûler les gens qui ne sont pas de leur avis ?
— Il faudrait que nous fussions fous, dit le vieillard ;
nous sommes tous ici du même avis, et nous n'enten-
dons pas ce que vous voulez dire avec vos moines. »
Candide à tous ces discours demeurait en extase, et
disait en lui-même : « Ceci est bien différent de la
Westphalie et du château de monsieur le baron : si
notre ami Pangloss avait vu Eldorado, il n'aurait plus

dit que le château de Thunder-ten-tronckh était ce qu'il y avait de mieux sur la terre ; il est certain qu'il faut voyager. »

Après cette longue conversation, le bon vieillard fit atteler un carrosse à six moutons, et donna douze de ses domestiques aux deux voyageurs pour les conduire à la cour : « Excusez-moi, leur dit-il, si mon âge me prive de l'honneur de vous accompagner. Le roi vous recevra d'une manière dont vous ne serez pas mécontents, et vous pardonnerez sans doute aux usages du pays s'il y en a quelques-uns qui vous déplaisent. »

Candide et Cacambo montent en carrosse ; les six moutons volaient, et en moins de quatre heures on arriva au palais du roi, situé à un bout de la capitale. Le portail était de deux cent vingt pieds de haut et de cent de large ; il est impossible d'exprimer quelle en était la matière. On voit assez quelle supériorité prodigieuse elle devait avoir sur ces cailloux et sur ce sable que nous nommons *or* et *pierreries*.

Vingt belles filles de la garde reçurent Candide et Cacambo à la descente du carrosse, les conduisirent aux bains, les vêtirent de robes d'un tissu de duvet de colibri ; après quoi les grands officiers et les grandes officières de la couronne les menèrent à l'appartement de Sa Majesté, au milieu de deux files chacune de mille musiciens, selon l'usage ordinaire. Quand ils approchèrent de la salle du trône, Cacambo demanda à un grand officier comment il fallait s'y prendre pour saluer Sa Majesté ; si on se jetait à genoux ou ventre à terre ; si on mettait les mains sur la tête ou sur le derrière ; si on léchait la poussière de la salle ; en un mot, quelle était la cérémonie. «L'usage, dit le grand officier, est d'embrasser le roi et de le baiser des deux côtés.» Candide et Cacambo sautèrent au cou de Sa Majesté, qui les reçut avec toute la grâce imaginable et qui les pria poliment à souper.

En attendant, on leur fit voir la ville, les édifices publics élevés jusqu'aux nues, les marchés ornés de mille colonnes, les fontaines d'eau pure, les fontaines d'eau rose, celles de liqueurs de canne de sucre, qui coulaient continuellement dans de grandes places, pavées d'une espèce de pierreries qui répandaient une odeur semblable à celle du gérofle et de la cannelle. Candide demanda à voir la cour de justice, le parlement; on lui dit qu'il n'y en avait point, et qu'on ne plaidait jamais. Il s'informa s'il y avait des prisons, et on lui dit que non. Ce qui le surprit davantage, et qui lui fit le plus de plaisir, ce fut le palais des sciences, dans lequel il vit une galerie de deux mille pas, toute pleine d'instruments de mathématique et de physique.

Après avoir parcouru, toute l'après-dînée, à peu près la millième partie de la ville, on les ramena chez le roi. Candide se mit à table entre Sa Majesté, son valet Cacambo et plusieurs dames. Jamais on ne fit meilleure chère, et jamais on n'eut plus d'esprit à souper qu'en eut Sa Majesté. Cacambo expliquait les bons mots du roi à Candide, et quoique traduits, ils paraissaient toujours des bons mots. De tout ce qui étonnait Candide, ce n'était pas ce qui l'étonna le moins.

Ils passèrent un mois dans cet hospice. Candide ne cessait de dire à Cacambo : «Il est vrai, mon ami, encore une fois, que le château où je suis né ne vaut pas le pays où nous sommes ; mais enfin Mlle Cunégonde n'y est pas, et vous avez sans doute quelque maîtresse en Europe. Si nous restons ici, nous n'y serons que comme les autres ; au lieu que si nous retournons dans notre monde seulement avec douze moutons chargés de cailloux d'Eldorado, nous serons plus riches que tous les rois ensemble, nous n'aurons plus d'inquisiteurs à craindre, et nous pourrons aisément reprendre Mlle Cunégonde. »

Ce discours plut à Cacambo : on aime tant à courir, à se faire valoir chez les siens, à faire parade de ce qu'on a vu dans ses voyages, que les deux heureux résolurent de ne plus l'être et de demander leur congé à Sa Majesté.

« Vous faites une sottise, leur dit le roi ; je sais bien que mon pays est peu de chose ; mais, quand on est passablement quelque part, il faut y rester ; je n'ai pas assurément le droit de retenir des étrangers ; c'est une tyrannie qui n'est ni dans nos mœurs, ni dans nos lois : tous les hommes sont libres ; partez quand vous voudrez, mais la sortie est bien difficile. Il est impossible de remonter la rivière rapide sur laquelle vous êtes arrivés par miracle, et qui court sous des voûtes de rochers. Les montagnes qui entourent tout mon royaume ont dix mille pieds de hauteur, et sont droites comme des murailles ; elles occupent chacune en largeur un espace de plus de dix lieues ; on ne peut en descendre que par des précipices. Cependant, puisque vous voulez absolument partir, je vais donner ordre aux intendants des machines d'en faire une qui puisse vous transporter commodément. Quand on vous aura conduits au revers des montagnes, personne ne pourra vous accompagner ; car mes sujets ont fait vœu de ne jamais sortir de leur enceinte, et ils sont trop sages pour rompre leur vœu. Demandez-moi d'ailleurs tout ce qu'il vous plaira. — Nous ne demandons à Votre Majesté, dit Cacambo, que quelques moutons chargés de vivres, de cailloux, et de la boue du pays. » Le roi rit. « Je ne conçois pas, dit-il, quel goût vos gens d'Europe ont pour notre boue jaune ; mais emportez-en tant que vous voudrez, et grand bien vous fasse. »

Il donna l'ordre sur-le-champ à ses ingénieurs de faire une machine pour guinder ces deux hommes extraordinaires hors du royaume[1]. Trois mille bons physiciens y travaillèrent ; elle fut prête au bout de quinze jours, et ne coûta pas plus de vingt millions de livres sterling, monnaie du pays. On mit sur la machine Candide et Cacambo ; il y avait deux grands moutons rouges sellés et bridés pour leur servir de monture quand ils auraient franchi les montagnes, vingt moutons de bât chargés de vivres, trente qui portaient des présents de ce que le pays a de plus curieux, et cinquante chargés d'or, de pierreries et de diamants. Le roi embrassa tendrement les deux vagabonds.

Ce fut un beau spectacle que leur départ, et la manière ingénieuse dont ils furent hissés, eux et leurs moutons, au haut des montagnes. Les physiciens prirent congé d'eux après les avoir mis en sûreté, et Candide n'eut plus d'autre désir et d'autre objet que d'al-

---

1. *Guinder*, mot d'origine scandinave, comme l'anglais *winch*, signifie proprement « hisser avec un câble et des poulies ».

ler présenter ses moutons à Mlle Cunégonde. «Nous avons, dit-il, de quoi payer le gouverneur de Buenos-Ayres, si Mlle Cunégonde peut être mise à prix. Marchons vers la Cayenne, embarquons-nous, et nous verrons ensuite quel royaume nous pourrons acheter.»

CHAPITRE DIX-NEUVIÈME

Ce qui leur arriva à Surinam,
et comment Candide
fit connaissance avec Martin

La première journée de nos deux voyageurs fut assez agréable. Ils étaient encouragés par l'idée de se voir possesseurs de plus de trésors que l'Asie, l'Europe et l'Afrique n'en pouvaient rassembler. Candide, transporté, écrivit le nom de Cunégonde sur les arbres. À la seconde journée deux de leurs moutons s'enfoncèrent dans des marais, et y furent abîmés avec leurs charges ; deux autres moutons moururent de fatigue quelques jours après ; sept ou huit périrent ensuite de faim dans un désert ; d'autres tombèrent au bout de quelques jours dans des précipices. Enfin, après cent jours de marche, il ne leur resta que deux moutons. Candide dit à Cacambo : «Mon ami, vous voyez comme les richesses de ce monde sont périssables ; il n'y a rien de solide que la vertu et le bonheur de revoir Mlle Cunégonde. — Je l'avoue, dit Cacambo ; mais il nous reste encore deux moutons avec plus de trésors que n'en aura jamais le roi d'Espagne, et je vois de loin une ville que je soupçonne être Surinam, appartenant aux Hollandais. Nous sommes au bout de nos peines et au commencement de notre félicité. »

En approchant de la ville, ils rencontrèrent un nègre [1] étendu par terre, n'ayant plus que la moitié de son habit, c'est-à-dire d'un caleçon de toile bleue ; il manquait à ce pauvre homme la jambe gauche et la main droite. « Eh, mon Dieu ! lui dit Candide en hollandais, que fais-tu là, mon ami, dans l'état horrible où je te vois ? — J'attends mon maître, M. Vanderdendur [2], le fameux négociant, répondit le nègre. — Est-ce M. Vanderdendur, dit Candide, qui t'a traité ainsi ? — Oui, monsieur, dit le nègre, c'est l'usage. On nous donne un caleçon de toile pour tout vêtement deux fois l'année. Quand nous travaillons aux sucreries, et que la meule nous attrape le doigt, on nous coupe la main ; quand nous voulons nous enfuir, on nous coupe la jambe : je me suis trouvé dans les deux cas. C'est à ce prix que vous mangez du sucre en Europe. Cependant, lorsque ma mère me vendit dix écus patagons sur la côte de Guinée, elle me disait : « Mon cher enfant, bénis nos fétiches, adore-les tou-

---

1. L'esclavage colonial s'est considérablement développé au XVIIIe siècle. Parallèlement, les protestations de l'opinion éclairée se font de plus en plus vives. Cf. le chapitre de l'*Esprit des lois* (1748) de Montesquieu (XV, 5), les articles « Esclavage » et « Esclave » de l'*Encyclopédie* (1755), etc.
2. Réminiscence probable de Van Düren, libraire hollandais de La Haye avec lequel Voltaire avait eu maille à partir. Le nom suggère, en outre, la dureté du personnage.

jours, ils te feront vivre heureux, tu as l'honneur
d'être esclave de nos seigneurs les blancs, et tu fais
par là la fortune de ton père et de ta mère. » Hélas !
je ne sais pas si j'ai fait leur fortune, mais ils n'ont
pas fait la mienne. Les chiens, les singes et les perroquets sont mille fois moins malheureux que nous.
Les fétiches hollandais qui m'ont converti me disent
tous les dimanches que nous sommes tous enfants
d'Adam, blancs et noirs. Je ne suis pas généalogiste ;
mais si ces prêcheurs disent vrai, nous sommes tous
cousins issus de germains. Or vous m'avouerez qu'on
ne peut pas en user avec ses parents d'une manière
plus horrible.

— Ô Pangloss ! s'écria Candide, tu n'avais pas
deviné cette abomination ; c'en est fait, il faudra qu'à
la fin je renonce à ton optimisme. — Qu'est-ce qu'optimisme ? disait Cacambo. — Hélas ! dit Candide, c'est
la rage de soutenir que tout est bien quand on est mal. »
Et il versait des larmes en regardant son nègre, et en
pleurant il entra dans Surinam.

La première chose dont ils s'informent, c'est s'il n'y
a point au port quelque vaisseau qu'on pût envoyer à
Buenos-Ayres. Celui à qui ils s'adressèrent était juste-
ment un patron espagnol, qui s'offrit à faire avec eux
un marché honnête. Il leur donna rendez-vous dans un
cabaret. Candide et le fidèle Cacambo allèrent l'y
attendre avec leurs deux moutons.

Candide, qui avait le cœur sur les lèvres, conta à
l'Espagnol toutes ses aventures, et lui avoua qu'il voulait enlever Mlle Cunégonde. « Je me garderai bien de
vous passer à Buenos-Ayres, dit le patron : je serais

pendu et vous aussi. La belle Cunégonde est la maîtresse favorite de monseigneur. » Ce fut un coup de
foudre pour Candide ; il pleura longtemps ; enfin il tira
à part Cacambo : « Voici, mon cher ami, lui dit-il, ce
qu'il faut que tu fasses. Nous avons chacun dans nos
poches pour cinq ou six millions de diamants ; tu es
plus habile que moi ; va prendre Mlle Cunégonde à
Buenos-Ayres. Si le gouverneur fait quelques difficul-
tés, donne-lui un million ; s'il ne se rend pas, donne-
lui-en deux ; tu n'as point tué d'inquisiteur, on ne se
défiera point de toi. J'équiperai un autre vaisseau ;
j'irai t'attendre à Venise ; c'est un pays libre où l'on
n'a rien à craindre ni des Bulgares, ni des Abares, ni
des Juifs, ni des inquisiteurs. » Cacambo applaudit à
cette sage résolution. Il était au désespoir de se séparer d'un bon maître, devenu son ami intime ; mais le
plaisir de lui être utile l'emporta sur la douleur de le
quitter. Ils s'embrassèrent en versant des larmes. Candide lui recommanda de ne point oublier la bonne
vieille. Cacambo partit dès le jour même : c'était un
très bon homme que ce Cacambo.

Candide resta encore quelque temps à Surinam, et
attendit qu'un autre patron voulût le mener en Italie,
lui et les deux moutons qui lui restaient. Il prit des
domestiques, et acheta tout ce qui lui était nécessaire
pour un long voyage ; enfin M. Vanderdendur, maître
d'un gros vaisseau, vint se présenter à lui. « Combien
voulez-vous, demanda-t-il à cet homme, pour me
mener en droiture à Venise, moi, mes gens, mon
bagage, et les deux moutons que voilà ? » Le patron
s'accorda à dix mille piastres. Candide n'hésita pas.

«Oh! oh! dit à part soi le prudent Vanderdendur, cet étranger donne dix mille piastres tout d'un coup! il faut qu'il soit bien riche.» Puis, revenant un moment après, il signifia qu'il ne pouvait partir à moins de vingt mille. «Eh bien! vous les aurez», dit Candide.

«Ouais! se dit tout bas le marchand, cet homme donne vingt mille piastres aussi aisément que dix mille.» Il revint encore, et dit qu'il ne pouvait le conduire à Venise à moins de trente mille piastres. «Vous en aurez donc trente mille», répondit Candide.

«Oh! oh! se dit encore le marchand hollandais, trente mille piastres ne coûtent rien à cet homme-ci; sans doute les deux moutons portent des trésors immenses; n'insistons pas davantage: faisons-nous d'abord payer les trente mille piastres, et puis nous verrons.» Candide vendit deux petits diamants, dont le moindre valait plus que tout l'argent que demandait le patron. Il le paya d'avance. Les deux moutons furent embarqués. Candide suivait dans un petit bateau pour joindre le vaisseau à la rade; le patron prend son temps, met à la voile, démarre; le vent le favorise. Candide, éperdu et stupéfait, le perd bientôt de vue. «Hélas! cria-t-il, voilà un tour digne de l'ancien monde.» Il retourne au rivage, abîmé dans la douleur; car enfin il avait perdu de quoi faire la fortune de vingt monarques.

Il se transporte chez le juge hollandais; et comme il était un peu troublé, il frappe rudement à la porte; il entre, expose son aventure, et crie un peu plus haut qu'il ne convenait. Le juge commença par lui faire payer dix mille piastres pour le bruit qu'il avait fait.

Ensuite il l'écouta patiemment, lui promit d'examiner son affaire sitôt que le marchand serait revenu, et se fit payer dix mille autres piastres pour les frais de l'audience.

Ce procédé acheva de désespérer Candide ; il avait à la vérité essuyé des malheurs mille fois plus douloureux ; mais le sang-froid du juge, et celui du patron dont il était volé, alluma sa bile, et le plongea dans une noire mélancolie. La méchanceté des hommes se présentait à son esprit dans toute sa laideur ; il ne se nourrissait que d'idées tristes. Enfin, un vaisseau français étant sur le point de partir pour Bordeaux, comme il n'avait plus de moutons chargés de diamants à embarquer, il loua une chambre du vaisseau à juste prix, et fit signifier dans la ville qu'il payerait le passage, la nourriture, et donnerait deux mille piastres à un honnête homme qui voudrait faire le voyage avec lui, à condition que cet homme serait le plus dégoûté de son état et le plus malheureux de la province.

Il se présenta une foule de prétendants qu'une flotte n'aurait pu contenir. Candide voulant choisir entre les plus apparents, il distingua une vingtaine de personnes qui lui paraissaient assez sociables, et qui toutes prétendaient mériter la préférence. Il les assembla dans son cabaret, et leur donna à souper, à condition que chacun ferait serment de raconter fidèlement son histoire, promettant de choisir celui qui lui paraîtrait le plus à plaindre et le plus mécontent de son état à plus juste titre, et de donner aux autres quelques gratifications.

La séance dura jusqu'à quatre heures du matin. Candide, en écoutant toutes leurs aventures, se ressouvenait de ce que lui avait dit la vieille en allant à Buenos-Ayres, et de la gageure qu'elle avait faite, qu'il n'y avait personne sur le vaisseau à qui il ne fût arrivé de très grands malheurs. Il songeait à Pangloss à chaque aventure qu'on lui contait. «Ce Pangloss, disait-il, serait bien embarrassé à démontrer son système. Je voudrais qu'il fût ici. Certainement, si tout va bien, c'est dans Eldorado, et non pas dans le reste de la terre.» Enfin il se détermina en faveur d'un pauvre savant qui avait travaillé dix ans pour les libraires d'Amsterdam. Il jugea qu'il n'y avait point de métier au monde dont on dût être plus dégoûté.

Ce savant, qui était d'ailleurs un bon homme, avait été volé par sa femme, battu par son fils, et abandonné de sa fille qui s'était fait enlever par un Portugais. Il venait d'être privé d'un petit emploi duquel il subsistait; et les prédicants de Surinam le persécutaient parce qu'ils le prenaient pour un socinien[1]. Il faut avouer que les autres étaient pour le moins aussi malheureux que lui; mais Candide espérait que le savant le désennuierait dans le voyage. Tous ses autres rivaux trouvèrent que Candide leur faisait une grande injustice; mais il les apaisa en leur donnant à chacun cent piastres.

---

1. Les sociniens sont les disciples de Socin, réformateur siennois du XVIᵉ siècle, bien considéré des déistes du XVIIIᵉ siècle. Il niait en effet l'existence de la Trinité et la divinité du Christ; il préconisait, en outre, une interprétation rationnelle des Écritures.

CHAPITRE VINGTIÈME

Ce qui arriva sur mer
à Candide et à Martin

Le vieux savant, qui s'appelait Martin, s'embarqua donc pour Bordeaux avec Candide. L'un et l'autre avaient beaucoup vu et beaucoup souffert ; et quand le vaisseau aurait dû faire voile de Surinam au Japon par le cap de Bonne-Espérance, ils auraient eu de quoi s'entretenir du mal moral et du mal physique pendant tout le voyage.

Cependant Candide avait un grand avantage sur Martin, c'est qu'il espérait toujours revoir Mlle Cunégonde, et que Martin n'avait rien à espérer ; de plus, il avait de l'or et des diamants ; et, quoiqu'il eût perdu cent gros moutons rouges chargés des plus grands trésors de la terre, quoiqu'il eût toujours sur le cœur la friponnerie du patron hollandais, cependant, quand il songeait à ce qui lui restait dans ses poches, et quand il parlait de Cunégonde, surtout à la fin du repas, il penchait alors pour le système de Pangloss.

« Mais vous, monsieur Martin, dit-il au savant, que pensez-vous de tout cela ? Quelle est votre idée sur le mal moral et le mal physique ? — Monsieur, répondit Martin, mes prêtres m'ont accusé d'être socinien ; mais la vérité du fait est que je suis manichéen [1]. — Vous vous moquez de moi, dit Candide, il n'y a plus de manichéens dans le monde. — Il y a moi, dit Martin ; je ne sais qu'y faire, mais je ne peux penser autrement. — Il faut que vous ayez le diable au corps, dit Candide. — Il se mêle si fort des affaires de ce monde, dit Martin, qu'il pourrait bien être dans mon corps, comme partout ailleurs ; mais je vous avoue qu'en jetant la vue sur ce globe, ou plutôt sur ce globule, je pense que Dieu l'a abandonné à quelque être malfaisant ; j'en excepte toujours Eldorado. Je n'ai guère vu de ville qui ne désirât la ruine de la ville voisine, point de famille qui ne voulût exterminer quelque autre famille. Partout les faibles ont en exécration les puissants devant lesquels ils rampent, et les puissants les traitent comme des troupeaux dont on vend la laine et la chair. Un million d'assassins enrégimentés, courant d'un bout de l'Europe à l'autre, exerce le meurtre et le brigandage avec discipline pour gagner son pain, parce qu'il n'a pas de métier plus honnête ; et dans les villes qui paraissent jouir de la paix et où les arts fleurissent, les hommes sont dévorés de plus d'envie, de soins et d'inquiétudes qu'une ville assiégée n'éprouve de fléaux. Les chagrins secrets sont encore plus cruels que les misères publiques. En un mot, j'en ai tant vu, et tant éprouvé, que je suis manichéen.

1. Voltaire avait toujours été tenté par la doctrine de Manès, fondateur du manichéisme au IIIe siècle, qui expliquait l'univers par la lutte des deux principes du Bien et du Mal ; il lui donnera même l'existence romanesque dans *Le Blanc et le Noir* (1764).

— Il y a pourtant du bon, répliquait Candide. — Cela peut être, disait Martin, mais je ne le connais pas. »

Au milieu de cette dispute, on entendit un bruit de canon. Le bruit redouble de moment en moment. Chacun prend sa lunette. On aperçoit deux vaisseaux qui combattaient à la distance d'environ trois milles ; le vent les amena l'un et l'autre si près du vaisseau français qu'on eut le plaisir de voir le combat tout à son aise. Enfin l'un des deux vaisseaux lâcha à l'autre une bordée si bas et si juste qu'il le coula à fond. Candide et Martin aperçurent distinctement une centaine d'hommes sur le tillac du vaisseau qui s'enfonçait ; ils levaient tous les mains au ciel et jetaient des clameurs effroyables ; en un moment tout fut englouti.

« Eh bien ! dit Martin, voilà comme les hommes se traitent les uns les autres. — Il est vrai, dit Candide, qu'il y a quelque chose de diabolique dans cette affaire. » En parlant ainsi, il aperçut je ne sais quoi d'un rouge éclatant qui nageait auprès de son vaisseau. On détacha la chaloupe pour voir ce que ce pouvait être ; c'était un de ses moutons. Candide eut plus de joie de retrouver ce mouton qu'il n'avait été affligé d'en perdre cent tous chargés de gros diamants d'Eldorado.

Le capitaine français aperçut bientôt que le capitaine du vaisseau submergeant était espagnol, et que celui du vaisseau submergé était un pirate hollandais ; c'était celui-là même qui avait volé Candide. Les richesses immenses dont ce scélérat s'était emparé furent ensevelies avec lui dans la mer, et il n'y eut qu'un mouton de sauvé. « Vous voyez, dit Candide à Martin, que le

crime est puni quelquefois ; ce coquin de patron hollandais a eu le sort qu'il méritait. — Oui, dit Martin,
mais fallait-il que les passagers qui étaient sur son vaisseau périssent aussi ? Dieu a puni ce fripon, le diable
a noyé les autres. »

Cependant le vaisseau français et l'espagnol conti-
nuèrent leur route, et Candide continua ses conversa-
tions avec Martin. Ils disputèrent quinze jours de suite,
et au bout de quinze jours ils étaient aussi avancés que
le premier. Mais enfin ils parlaient, ils se communi-
quaient des idées, ils se consolaient. Candide caressait
son mouton. «Puisque je t'ai retrouvé, dit-il, je pour-
rai bien retrouver Cunégonde. »

CHAPITRE VINGT ET UNIÈME

Candide et Martin
approchent des côtes de France
et raisonnent

On aperçut enfin les côtes de France. « Avez-vous
jamais été en France, monsieur Martin ? dit Candide.
— Oui, dit Martin, j'ai parcouru plusieurs provinces.
Il y en a où la moitié des habitants est folle, quelques-
unes où l'on est trop rusé, d'autres où l'on est com-
munément assez doux et assez bête, d'autres où l'on
fait le bel esprit ; et dans toutes, la principale occupa-
tion est l'amour, la seconde de médire, et la troisième

de dire des sottises. — Mais, monsieur Martin, avez-vous vu Paris[1] ? — Oui, j'ai vu Paris ; il tient de toutes ces espèces-là ; c'est un chaos, c'est une presse dans laquelle tout le monde cherche le plaisir, et où presque personne ne le trouve, du moins à ce qu'il m'a paru. J'y ai séjourné peu ; j'y fus volé, en arrivant, de tout ce que j'avais, par des filous, à la foire Saint-Germain[2] ; on me prit moi-même pour un voleur, et je fus huit jours en prison ; après quoi je me fis correcteur d'imprimerie pour gagner de quoi retourner à pied en Hollande. Je connus la canaille écrivante, la canaille cabalante, et la canaille convulsionnaire[3]. On dit qu'il y a des gens fort polis dans cette ville-là ; je le veux croire.

— Pour moi, je n'ai nulle curiosité de voir la France, dit Candide ; vous devinez aisément que, quand on a passé un mois dans Eldorado, on ne se soucie plus de rien voir sur la terre que Mlle Cunégonde ; je vais l'attendre à Venise ; nous traverserons la France pour aller

1. Voltaire était parisien dans l'âme, et le drame de sa vie fut d'être obligé, à partir des années cinquante en tout cas, de vivre éloigné de la capitale : on sait qu'il n'y revint qu'en 1778, pour y mourir.
2. La foire Saint-Germain était la plus célèbre foire de Paris. Instituée au Moyen Âge, elle se tenait sur l'emplacement de l'actuel marché Saint-Germain, du 3 février au 3 avril de chaque année. C'était donc une foire de printemps, par opposition à la foire Saint-Laurent qui se tenait chaque automne.
3. Allusion aux jansénistes qui s'étaient livrés à des scènes de convulsions sur la tombe du diacre Paris, au cimetière Saint-Médard, de 1729 à 1732. Ce spectacle, auquel il avait assisté, avait profondément marqué Voltaire, et il y revient sans cesse comme un des exemples les plus frappants du «fanatisme» des «Welches».

en Italie ; ne m'accompagnerez-vous pas ? — Très
volontiers, dit Martin ; on dit que Venise n'est bonne
que pour les nobles Vénitiens, mais que cependant on
y reçoit très bien les étrangers quand ils ont beaucoup
d'argent ; je n'en ai point, vous en avez, je vous suivrai
partout. — À propos, dit Candide, pensez-vous que la
terre ait été originairement une mer, comme on l'assure
dans ce gros livre[1] qui appartient au capitaine du vaisseau ? — Je n'en crois rien du tout, dit Martin, non plus
que de toutes les rêveries qu'on nous débite depuis
quelque temps. — Mais à quelle fin ce monde a-t-il
donc été formé ? dit Candide. — Pour nous faire enra-
ger, répondit Martin. — N'êtes-vous pas bien étonné,
continua Candide, de l'amour que ces deux filles du
pays des Oreillons avaient pour ces deux singes, et dont
je vous ai conté l'aventure ? — Point du tout, dit Martin ; je ne vois pas ce que cette passion a d'étrange ; j'ai
tant vu de choses extraordinaires, qu'il n'y a plus rien
d'extraordinaire. — Croyez-vous, dit Candide, que les
hommes se soient toujours mutuellement massacrés
comme ils font aujourd'hui ? qu'ils aient toujours été
menteurs, fourbes, perfides, ingrats, brigands, faibles,
volages, lâches, envieux, gourmands, ivrognes, avares,
ambitieux, sanguinaires, calomniateurs, débauchés,

1. Ce « gros livre » constitue une allusion à l'ouvrage récent du
président de Brosses, l'*Histoire des navigations* (1756), à moins
que ce ne soit au traité plus ancien, de Buffon, intitulé *Théorie de
la terre* (1749), ou au *Spectacle de la nature* (1732-1750), de
l'abbé Pluche. Tous soutenaient que la mer recouvrait primitive-
ment toute la surface du globe, et qu'elle aurait été à l'origine des
montagnes.

fanatiques, hypocrites et sots ? — Croyez-vous, dit Martin, que les éperviers aient toujours mangé des pigeons quand ils en ont trouvé ? — Oui, sans doute, dit Candide. — Eh bien ! dit Martin, si les éperviers ont toujours eu le même caractère, pourquoi voulez-vous que les hommes aient changé le leur ? — Oh ! dit Candide, il y a bien de la différence, car le libre arbitre… » En raisonnant ainsi, ils arrivèrent à Bordeaux.

CHAPITRE VINGT-DEUXIÈME

Ce qui arriva en France
à Candide et à Martin

Candide ne s'arrêta dans Bordeaux qu'autant de temps qu'il en fallait pour vendre quelques cailloux du Dorado, et pour s'accommoder d'une bonne chaise à deux places ; car il ne pouvait plus se passer de son philosophe Martin. Il fut seulement très fâché de se séparer de son mouton, qu'il laissa à l'Académie des sciences de Bordeaux, laquelle proposa pour le sujet du prix de cette année de trouver pourquoi la laine de ce mouton était rouge ; et le prix fut adjugé à un savant du Nord[1], qui démontra par A plus B, moins C, divisé

---

1. Voltaire vise-t-il l'*Essai de cosmologie* de Maupertuis (1751), qui résumait les lois de la création divine par une formule mathématique, que voici : « Z égale BC divisé par A + B » ?

par Z, que le mouton devait être rouge, et mourir de la clavelée.

Cependant tous les voyageurs que Candide rencontra dans les cabarets de la route lui disaient : «Nous allons à Paris.» Cet empressement général lui donna enfin l'envie de voir cette capitale ; ce n'était pas beaucoup se détourner du chemin de Venise.

Il entra par le faubourg Saint-Marceau [1], et crut être dans le plus vilain village de la Westphalie.

À peine Candide fut-il dans son auberge qu'il fut attaqué d'une maladie légère causée par ses fatigues. Comme il avait au doigt un diamant énorme, et qu'on avait aperçu dans son équipage une cassette prodigieusement pesante, il eut aussitôt auprès de lui deux médecins qu'il n'avait pas mandés, quelques amis intimes qui ne le quittèrent pas, et deux dévotes qui faisaient chauffer ses bouillons. Martin disait : «Je me souviens d'avoir été malade aussi à Paris dans mon premier voyage ; j'étais fort pauvre : aussi n'eus-je ni amis, ni dévotes, ni médecins, et je guéris.»

Cependant, à force de médecines et de saignées, la maladie de Candide devint sérieuse. Un habitué du quartier vint avec douceur lui demander un billet payable au porteur pour l'autre monde [2], Candide n'en voulut rien faire. Les dévotes l'assurèrent que c'était

---

1. Le faubourg Saint-Marceau, situé au sud de la capitale, était alors très misérable. Voir *Le Monde comme il va*, chap. II.
2. Allusion aux billets de confession réclamés par le clergé entre 1750 et 1760 pour accorder les sacrements et donner une sépulture chrétienne à ceux qui étaient suspectés de jansénisme.

une nouvelle mode; Candide répondit qu'il n'était point homme à la mode. Martin voulut jeter l'habitué par les fenêtres. Le clerc jura qu'on n'enterrerait point Candide. Martin jura qu'il enterrerait le clerc s'il continuait à les importuner. La querelle s'échauffa; Martin le prit par les épaules et le chassa rudement; ce qui causa un grand scandale, dont on fit un procès-verbal.

Candide guérit; et pendant sa convalescence il eut très bonne compagnie à souper chez lui. On jouait gros jeu. Candide était tout étonné que jamais les as ne lui vinssent; et Martin ne s'en étonnait pas.

Parmi ceux qui lui faisaient les honneurs de la ville, il y avait un petit abbé périgourdin, l'un de ces gens empressés, toujours alertes, toujours serviables, effrontés, caressants, accommodants, qui guettent les étrangers à leur passage, leur content l'histoire scandaleuse de la ville, et leur offrent des plaisirs à tout prix. Celui-ci mena d'abord Candide et Martin à la comédie. On y jouait une tragédie nouvelle. Candide se trouva placé auprès de quelques beaux esprits. Cela ne l'empêcha pas de pleurer à des scènes jouées parfaitement. Un des raisonneurs qui étaient à ses côtés lui dit dans un entracte : « Vous avez grand tort de pleurer : cette actrice est fort mauvaise; l'acteur qui joue avec elle est plus mauvais acteur encore; la pièce est encore plus mauvaise que les acteurs; l'auteur ne sait pas un mot d'arabe, et cependant la scène est en Arabie; et, de plus, c'est un homme qui ne croit pas aux idées innées[1] : je

---

1. Cet homme qui ne croit pas aux idées innées est, comme Voltaire lui-même, un disciple de Locke.

vous apporterai demain vingt brochures contre lui. —
Monsieur, combien avez-vous de pièces de théâtre en
France ?» dit Candide à l'abbé ; lequel répondit : «Cinq
ou six mille. — C'est beaucoup, dit Candide ; combien
y en a-t-il de bonnes ? — Quinze ou seize, répliqua
l'autre. — C'est beaucoup», dit Martin.

Candide fut très content d'une actrice qui faisait la
reine Élisabeth dans une assez plate tragédie [1] que l'on
joue quelquefois. «Cette actrice, dit-il à Martin, me
plaît beaucoup ; elle a un faux air de Mlle Cunégonde ;
je serais bien aise de la saluer.» L'abbé périgourdin
s'offrit à l'introduire chez elle. Candide, élevé en Allemagne, demanda quelle était l'étiquette, et comment on
traitait en France les reines d'Angleterre. «Il faut dis-
tinguer, dit l'abbé ; en province, on les mène au cabaret ; à Paris, on les respecte quand elles sont belles, et
on les jette à la voirie quand elles sont mortes. — Des
reines à la voirie ! dit Candide. — Oui vraiment, dit
Martin ; monsieur l'abbé a raison : j'étais à Paris quand
Mlle Monime [2] passa, comme on dit, de cette vie à
l'autre ; on lui refusa ce que ces gens-ci appellent *les
honneurs de la sépulture*, c'est-à-dire de pourrir avec
tous les gueux du quartier dans un vilain cimetière ; elle
fut enterrée toute seule de sa bande au coin de la rue

---

1. Cette «assez plate tragédie» est *Le Comte d'Essex*, de Tho-
mas Corneille (1678), qui était encore jouée fréquemment au
Théâtre-Français au XVIIIᵉ siècle.
2. «Mlle Monime» doit être Adrienne Lecouvreur (1692-1730),
qui avait interprété le rôle de Monime dans *Mithridate*. Le curé de
Saint-Sulpice lui ayant refusé la sépulture, son corps fut jeté à la
voirie.

de Bourgogne ; ce qui dut lui faire une peine extrême, car elle pensait très noblement. — Cela est bien impoli, dit Candide. — Que voulez-vous ? dit Martin ; ces gens-ci sont ainsi faits. Imaginez toutes les contradictions, toutes les incompatibilités possibles, vous les verrez dans le gouvernement, dans les tribunaux, dans les églises, dans les spectacles de cette drôle de nation. — Est-il vrai qu'on rit toujours à Paris ? dit Candide. — Oui, dit l'abbé, mais c'est en enrageant ; car on s'y plaint de tout avec de grands éclats de rire ; et même on y fait en riant les actions les plus détestables.

— Quel est, dit Candide, ce gros cochon qui me disait tant de mal de la pièce où j'ai tant pleuré et des acteurs qui m'ont fait tant de plaisir [1] ? — C'est un mal vivant, répondit l'abbé, qui gagne sa vie à dire du mal de toutes les pièces et de tous les livres ; il hait quiconque réussit, comme les eunuques haïssent les jouissants : c'est un de ces serpents de la littérature qui se nourrissent de fange et de venin ; c'est un folliculaire. — Qu'appelez-vous folliculaire [2] ? dit Candide. — C'est, dit l'abbé, un faiseur de feuilles, un *Fréron*. »
C'est ainsi que Candide, Martin et le Périgourdin raisonnaient sur l'escalier, en voyant défiler le monde

---

1. Cette « pièce » qui fait « tant de plaisir » est *Tancrède* (1760), où Mlle Clairon brilla d'un éclat tout particulier. Fréron (1718-1776) dirige à l'époque, depuis 1754, *L'Année littéraire*. Il ne manque jamais l'occasion d'y critiquer, d'une manière généralement judicieuse, les tragédies de Voltaire, excitant ainsi chaque fois la fureur de ce dernier.
2. *Folliculaire* : terme de dénigrement, synonyme de journaliste.

au sortir de la pièce. «Quoique je sois très empressé de revoir Mlle Cunégonde, dit Candide, je voudrais pourtant souper avec Mlle Clairon; car elle m'a paru admirable.»

L'abbé n'était pas homme à approcher de Mlle Clairon, qui ne voyait que bonne compagnie. «Elle est engagée pour ce soir, dit-il; mais j'aurai l'honneur de vous mener chez une dame de qualité, et là vous connaîtrez Paris comme si vous y aviez été quatre ans.»

Candide, qui était naturellement curieux, se laissa mener chez la dame, au fond du faubourg Saint-Honoré; on y était occupé d'un pharaon[1]; douze tristes pontes tenaient chacun en main un petit livre de cartes, registre cornu de leurs infortunes. Un profond silence régnait, la pâleur était sur le front des pontes, l'inquiétude sur celui du banquier, et la dame du logis, assise auprès de ce banquier impitoyable, remarquait avec des yeux de lynx tous les parolis, tous les sept-et-le-va de campagne, dont chaque joueur cornait ses cartes; elle les faisait décorner avec une attention sévère mais polie, et ne se fâchait point, de peur de perdre ses pra-

---

1. Le *pharaon* est un jeu de cartes comparable au baccara. Un *banquier* mène le jeu et tient un compte personnel de la «banque» alimentée par la perte des joueurs. Les *pontes* sont des joueurs associés contre le banquier. Il est d'usage de corner sa carte au moment de la mise (d'où l'expression *registre cornu*). Le *paroli* est une mise double de la première, le *sept et le va* une mise de sept fois supérieure à la précédente, le *sept et le va de campagne* ou *paroli de campagne* (cf. *Encyclopédie*, articles «Pharaon» et «Paroli») est «celui que fait un joueur avant que sa carte soit venue, comme s'il avait déjà gagné».

tiques : la dame se faisait appeler la marquise de Parolignac. Sa fille, âgée de quinze ans, était au nombre des
pontes et avertissait d'un clin d'œil des friponneries de
ces pauvres gens, qui tâchaient de réparer les cruautés
du sort. L'abbé périgourdin, Candide et Martin entrèrent ; personne ne se leva, ni les salua, ni les regarda ;
tous étaient profondément occupés de leurs cartes.
« Madame la baronne de Thunder-ten-tronckh était
plus civile », dit Candide.

Cependant l'abbé s'approcha de l'oreille de la marquise, qui se leva à moitié, honora Candide d'un sou-
rire gracieux, et Martin d'un air de tête tout à fait
noble ; elle fit donner un siège et un jeu de cartes à Candide, qui perdit cinquante mille francs en deux tailles[1] ;
après quoi on soupa très gaiement, et tout le monde
était étonné que Candide ne fût pas ému de sa perte ;
les laquais disaient entre eux, dans leur langage de
laquais : « Il faut que ce soit quelque milord anglais. »

Le souper fut comme la plupart des soupers de
Paris : d'abord du silence, ensuite un bruit de paroles
qu'on ne distingue point, puis des plaisanteries dont la
plupart sont insipides, de fausses nouvelles, de mauvais raisonnements, un peu de politique et beaucoup de
médisance ; on parla même de livres nouveaux.
« Avez-vous lu, dit l'abbé périgourdin, le roman du
sieur Gauchat, docteur en théologie[2] ? — Oui, répon-

---

1. Les *tailles* sont des séries complètes de coups, jusqu'à ce que
le banquier ait retourné toutes ses cartes.
2. Gauchat, docteur en théologie, était un adversaire des encyclopédistes et de Voltaire.

dit un des convives, mais je n'ai pu l'achever. Nous avons une foule d'écrits impertinents, mais tous ensemble n'approchent pas de l'impertinence de Gauchat, docteur en théologie ; je suis si rassasié de cette immensité de détestables livres qui nous inondent que je me suis mis à ponter au pharaon. — Et les *Mélanges* de l'archidiacre T... [1], qu'en dites-vous ? dit l'abbé. — Ah ! dit Mme de Parolignac, l'ennuyeux mortel ! comme il vous dit curieusement tout ce que le monde sait ! comme il discute pesamment ce qui ne vaut pas la peine d'être remarqué légèrement ! comme il s'approprie sans esprit l'esprit des autres ! comme il gâte ce qu'il pille ! comme il me dégoûte ! Mais il ne me dégoûtera plus : c'est assez d'avoir lu quelques pages de l'archidiacre. »

Il y avait à table un homme savant et de goût qui appuya ce que disait la marquise. On parla ensuite de tragédies ; la dame demanda pourquoi il y avait des tragédies qu'on jouait quelquefois, et qu'on ne pouvait lire. L'homme de goût expliqua très bien comment une pièce pouvait avoir quelque intérêt et n'avoir presque aucun mérite ; il prouva en peu de mots que ce n'était pas assez d'amener une ou deux de ces situations qu'on trouve dans tous les romans, et qui séduisent toujours les spectateurs, mais qu'il faut être neuf sans être bizarre, souvent sublime, et toujours naturel ; connaître le cœur humain et le faire parler ; être grand poète sans

1. L'archidiacre T... est l'abbé Trublet (1677-1770), autre adversaire des encyclopédistes et de Voltaire, qui lança contre lui des mots fameux.

que jamais aucun personnage de la pièce paraisse
poète; savoir parfaitement sa langue, la parler avec
pureté, avec une harmonie continue, sans que jamais la
rime coûte rien au sens. «Quiconque, ajouta-t-il, n'ob-
serve pas toutes ces règles peut faire une ou deux tragédies applaudies au théâtre, mais il ne sera jamais
compté au rang des bons écrivains; il y a très peu de
bonnes tragédies; les unes sont des idylles en dialogues
bien écrits et bien rimés; les autres, des raisonnements
politiques qui endorment, ou des amplifications qui
rebutent; les autres, des rêves d'énergumène, en style
barbare, des propos interrompus, de longues apos-
trophes aux dieux, parce qu'on ne sait point parler aux
hommes, des maximes fausses, des lieux communs
ampoulés[1].»

Candide écouta ce propos avec attention, et conçut
une grande idée du discoureur; et, comme la marquise
avait eu soin de le placer à côté d'elle, il s'approcha de
son oreille, et prit la liberté de lui demander qui était
cet homme qui parlait si bien. «C'est un savant, dit la
dame, qui ne ponte point, et que l'abbé m'amène quelquefois à souper; il se connaît parfaitement en tragédies et en livres, et il a fait une tragédie sifflée et un
livre dont on n'a jamais vu hors de la boutique de son
libraire qu'un exemplaire qu'il m'a dédié. — Le grand
homme! dit Candide; c'est un autre Pangloss.»

Alors, se tournant vers lui, il lui dit: «Monsieur,
vous pensez sans doute que tout est au mieux dans le

---

1. Réponse aux critiques qui avaient été soulevées à l'occasion
de *Tancrède* (1760).

monde physique et dans le moral, et que rien ne pouvait être autrement ? — Moi, monsieur, lui répondit le savant, je ne pense rien de tout cela : je trouve que tout va de travers chez nous ; que personne ne sait ni quel est son rang, ni quelle est sa charge, ni ce qu'il fait, ni ce qu'il doit faire, et qu'excepté le souper, qui est assez gai et où il paraît assez d'union, tout le reste du temps se passe en querelles impertinentes : jansénistes contre molinistes, gens du parlement contre gens d'église, gens de lettres contre gens de lettres, courtisans contre courtisans, financiers contre le peuple, femmes contre maris, parents contre parents ; c'est une guerre éternelle. »

Candide lui répliqua : « J'ai vu pis. Mais un sage, qui depuis a eu le malheur d'être pendu, m'apprit que tout cela est à merveille ; ce sont des ombres à un beau tableau[1]. — Votre pendu se moquait du monde, dit Martin ; vos ombres sont des taches horribles. — Ce sont les hommes qui font les taches, dit Candide, et ils ne peuvent pas s'en dispenser. — Ce n'est donc pas leur faute », dit Martin. La plupart des pontes, qui n'entendaient rien à ce langage, buvaient ; et Martin raisonna avec le savant, et Candide raconta une partie de ses aventures à la dame du logis.

Après soupé, la marquise mena Candide dans son cabinet et le fit asseoir sur un canapé. « Eh bien ! lui dit-elle, vous aimez donc toujours éperdument Mlle Cunégonde de Thunder-ten-tronckh ? — Oui,

---

1. Dans sa *Théodicée* (1710), Leibniz soutient que le mal met en valeur le bien : «Les ombres rehaussent les couleurs.»

madame », répondit Candide. La marquise lui répliqua
avec un souris tendre : « Vous me répondez comme un
jeune homme de Westphalie ; un Français m'aurait
dit : "Il est vrai que j'ai aimé Mlle Cunégonde ; mais
en vous voyant, madame, je crains de ne la plus
aimer." — Hélas ! madame, dit Candide, je répondrai
comme vous voudrez. — Votre passion pour elle, dit
la marquise, a commencé en ramassant son mouchoir ;
je veux que vous ramassiez ma jarretière. — De tout
mon cœur », dit Candide ; et il la ramassa. « Mais je
veux que vous me la remettiez », dit la dame ; et Candide la lui remit. « Voyez-vous, dit la dame, vous êtes
étranger, je fais quelquefois languir mes amants de
Paris quinze jours, mais je me rends à vous dès la première nuit, parce qu'il faut faire les honneurs de son
pays à un jeune homme de Westphalie. » La belle,
ayant aperçu deux énormes diamants aux deux mains
de son jeune étranger, les loua de si bonne foi que des
doigts de Candide ils passèrent aux doigts de la marquise.

Candide, en s'en retournant avec son abbé périgourdin, sentit quelques remords d'avoir fait une infidélité à Mlle Cunégonde ; monsieur l'abbé entra dans
sa peine ; il n'avait qu'une légère part aux cinquante
mille livres perdues au jeu par Candide, et à la valeur
des deux brillants moitié donnés, moitié extorqués. Son
dessein était de profiter, autant qu'il le pourrait, des
avantages que la connaissance de Candide pouvait lui
procurer. Il lui parla beaucoup de Cunégonde ; et Candide lui dit qu'il demanderait bien pardon à cette belle
de son infidélité, quand il la verrait à Venise.

Le Périgourdin redoublait de politesse et d'attentions, et prenait un intérêt tendre à tout ce que Candide disait, à tout ce qu'il faisait, à tout ce qu'il voulait faire.

«Vous avez donc, monsieur, lui dit-il, un rendez-vous à Venise? — Oui, monsieur l'abbé, dit Candide; il faut absolument que j'aille trouver Mlle Cunégonde.» Alors, engagé par le plaisir de parler de ce qu'il aimait, il conta, selon son usage, une partie de ses aventures avec cette illustre Westphalienne.

«Je crois, dit l'abbé, que Mlle Cunégonde a bien de l'esprit, et qu'elle écrit des lettres charmantes? — Je n'en ai jamais reçu, dit Candide; car figurez-vous qu'ayant été chassé du château pour l'amour d'elle, je ne pus lui écrire; que bientôt après j'appris qu'elle était morte, qu'ensuite je la retrouvai, et que je la perdis, et que je lui ai envoyé à deux mille cinq cents lieues d'ici un exprès dont j'attends la réponse.»

L'abbé écoutait attentivement, et paraissait un peu rêveur. Il prit bientôt congé des deux étrangers, après les avoir tendrement embrassés. Le lendemain Candide reçut à son réveil une lettre conçue en ces termes:

Monsieur, mon très cher amant, il y a huit jours que je suis malade en cette ville; j'apprends que vous y êtes. Je volerais dans vos bras si je pouvais remuer. J'ai su votre passage à Bordeaux; j'y ai laissé le fidèle Cacambo et la vieille, qui doivent bientôt me suivre. Le gouverneur de Buenos-Ayres a tout pris, mais il me reste votre cœur. Venez, votre présence me rendra la vie, ou me fera mourir de plaisir.

Cette lettre charmante, cette lettre inespérée, transporta Candide d'une joie inexprimable ; et la maladie de sa chère Cunégonde l'accabla de douleur. Partagé entre ces deux sentiments, il prend son or et ses diamants, et se fait conduire avec Martin à l'hôtel où Mlle Cunégonde demeurait. Il entre en tremblant d'émotion, son cœur palpite, sa voix sanglote ; il veut ouvrir les rideaux du lit, il veut faire apporter de la lumière. « Gardez-vous-en bien, lui dit la suivante, la lumière la tue » ; et soudain elle referme le rideau. « Ma chère Cunégonde, dit Candide en pleurant, comment vous portez-vous ? si vous ne pouvez me voir, parlez-moi du moins. — Elle ne peut parler », dit la suivante. La dame alors tire du lit une main potelée que Candide arrose longtemps de ses larmes, et qu'il remplit ensuite de diamants, en laissant un sac plein d'or sur le fauteuil.

Au milieu de ses transports arrive un exempt suivi de l'abbé périgourdin et d'une escouade. « Voilà donc, dit-il, ces deux étrangers suspects ? » Il les fait incontinent saisir, et ordonne à ses braves de les traîner en prison. « Ce n'est pas ainsi qu'on traite les voyageurs dans le Dorado, dit Candide. — Je suis plus manichéen que jamais, dit Martin. — Mais, monsieur, où nous menez-vous ? dit Candide. — Dans un cul de basse-fosse », dit l'exempt.

Martin, ayant repris son sang-froid, jugea que la dame qui se prétendait Cunégonde était une friponne, monsieur l'abbé périgourdin un fripon qui avait abusé au plus vite de l'innocence de Candide, et l'exempt un autre fripon dont on pouvait aisément se débarrasser.

Plutôt que de s'exposer aux procédures de la justice, Candide, éclairé par son conseil, et d'ailleurs toujours impatient de revoir la véritable Cunégonde, propose à l'exempt trois petits diamants d'environ trois mille pistoles chacun. « Ah ! monsieur, lui dit l'homme au bâton d'ivoire, eussiez-vous commis tous les crimes imaginables, vous êtes le plus honnête homme du monde ; trois diamants ! chacun de trois mille pistoles ! Monsieur ! je me ferais tuer pour vous, au lieu de vous mener dans un cachot. On arrête tous les étrangers, mais laissez-moi faire ; j'ai un frère à Dieppe en Normandie, je vais vous y mener ; et si vous avez quelque diamant à lui donner, il aura soin de vous comme moi-même.

— Et pourquoi arrête-t-on tous les étrangers ? » dit Candide. L'abbé périgourdin prit alors la parole et dit : « C'est parce qu'un gueux du pays d'Atrébatie [1] a entendu dire des sottises : cela seul lui a fait commettre un parricide, non pas tel que celui de 1610 au mois de mai, mais tel que celui de 1594 au mois de décembre, et tel que plusieurs autres commis dans d'autres années et dans d'autres mois par d'autres gueux qui avaient entendu dire des sottises. »

L'exempt alors expliqua de quoi il s'agissait. « Ah, les monstres ! s'écria Candide ; quoi ! de telles horreurs chez un peuple qui danse et qui chante ! Ne pourrai-je sortir au plus vite de ce pays où des singes agacent des

---

1. L'Atrébatie n'est autre que l'Artois, du nom de la peuplade des Atrébates. Damiens, qui avait tenté d'assassiner Louis XV, était né près d'Arras en 1715.

tigres ? J'ai vu des ours dans mon pays ; je n'ai vu des hommes que dans le Dorado. Au nom de Dieu, monsieur l'exempt, menez-moi à Venise, où je dois attendre Mlle Cunégonde. — Je ne peux vous mener qu'en Basse-Normandie », dit le barigel[1]. Aussitôt il lui fait ôter ses fers, dit qu'il s'est mépris, renvoie ses gens et emmène à Dieppe Candide et Martin, et les laisse entre les mains de son frère. Il y avait un petit vaisseau hollandais à la rade. Le Normand, à l'aide de trois autres diamants, devenu le plus serviable des hommes, embarque Candide et ses gens dans le vaisseau qui allait faire voile pour Portsmouth en Angleterre. Ce n'était pas le chemin de Venise ; mais Candide croyait être délivré de l'enfer, et il comptait bien reprendre la route de Venise à la première occasion.

CHAPITRE VINGT-TROISIÈME

Candide et Martin
vont sur les côtes d'Angleterre ;
ce qu'ils y voient

« Ah, Pangloss ! Pangloss ! Ah, Martin ! Martin ! Ah, ma chère Cunégonde ! qu'est-ce que ce monde-ci ? disait Candide sur le vaisseau hollandais. — Quelque

---

1. Un *barigel* est un chef des archers, puis de la police. À noter que Dieppe est en haute, et non en basse Normandie.

chose de bien fou et de bien abominable, répondait
Martin. — Vous connaissez l'Angleterre ; y est-on
aussi fou qu'en France ? — C'est une autre espèce de
folie, dit Martin. Vous savez que ces deux nations sont
en guerre pour quelques arpents de neige vers le
Canada, et qu'elles dépensent pour cette belle guerre
beaucoup plus que tout le Canada ne vaut[1]. De vous
dire précisément s'il y a plus de gens à lier dans un
pays que dans un autre, c'est ce que mes faibles
lumières ne me permettent pas. Je sais seulement qu'en
général les gens que nous allons voir sont fort atrabi-
laires. »

En causant ainsi ils abordèrent à Portsmouth ; une
multitude de peuple couvrait le rivage, et regardait
attentivement un assez gros homme qui était à genoux,
les yeux bandés, sur le tillac d'un des vaisseaux de la
flotte ; quatre soldats, postés vis-à-vis de cet homme,
lui tirèrent chacun trois balles dans le crâne le plus pai-
siblement du monde, et toute l'assemblée s'en retourna
extrêmement satisfaite. « Qu'est-ce donc que tout
ceci ? dit Candide, et quel démon exerce partout son
empire ? » Il demanda qui était ce gros homme qu'on
venait de tuer en cérémonie. « C'est un amiral[2], lui
répondit-on. — Et pourquoi tuer cet amiral ? — C'est,
lui dit-on, parce qu'il n'a pas fait tuer assez de monde ;

---

1. Des combats pour Louisbourg, à l'entrée du Saint-Laurent, se
déroulaient depuis 1741.
2. Cet « amiral » est John Byng, vaincu par l'amiral français
Galissonnière dans les eaux de Minorque. Accusé d'avoir manqué
de zèle dans le combat et de l'avoir rompu trop tôt, il fut condamné
à mort et exécuté le 14 mars 1757 sur son vaisseau.

il a livré un combat à un amiral français, et on a trouvé qu'il n'était pas assez près de lui. — Mais, dit Candide, l'amiral français était aussi loin de l'amiral anglais que celui-ci l'était de l'autre ! — Cela est incontestable, lui répliqua-t-on ; mais dans ce pays-ci il est bon de tuer de temps en temps un amiral pour encourager les autres. »

Candide fut si étourdi et si choqué de ce qu'il voyait, et de ce qu'il entendait, qu'il ne voulut pas seulement mettre pied à terre, et qu'il fit son marché avec le patron hollandais (dût-il le voler comme celui de Surinam) pour le conduire sans délai à Venise.

Le patron fut prêt au bout de deux jours. On côtoya la France ; on passa à la vue de Lisbonne, et Candide frémit. On entra dans le détroit et dans la Méditerranée ; enfin on aborda à Venise. « Dieu soit loué ! dit Candide en embrassant Martin ; c'est ici que je reverrai la belle Cunégonde. Je compte sur Cacambo comme sur moi-même. Tout est bien, tout va bien, tout va le mieux qu'il soit possible. »

CHAPITRE VINGT-QUATRIÈME

De Paquette et de frère Giroflée

Dès qu'il fut à Venise, il fit chercher Cacambo dans tous les cabarets, dans tous les cafés, chez toutes les filles de joie, et ne le trouva point. Il envoyait tous les jours à la découverte de tous les vaisseaux et de toutes les barques : nulles nouvelles de Cacambo. « Quoi ! disait-il à Martin, j'ai eu le temps de passer de Surinam à Bordeaux, d'aller de Bordeaux à Paris, de Paris à Dieppe, de Dieppe à Portsmouth, de côtoyer le Portugal et l'Espagne, de traverser toute la Méditerranée, de passer quelques mois à Venise, et la belle Cunégonde n'est point venue ! Je n'ai rencontré au lieu d'elle qu'une drôlesse et un abbé périgourdin ! Cunégonde est morte sans doute, je n'ai plus qu'à mourir. Ah ! il valait mieux rester dans le paradis du Dorado que de revenir dans cette maudite Europe. Que vous avez raison, mon cher Martin ! tout n'est qu'illusion et calamité. »

Il tomba dans une mélancolie noire, et ne prit aucune part à l'opéra *alla moda* ni aux autres divertissements du carnaval ; pas une dame ne lui donna la moindre tentation. Martin lui dit : « Vous êtes bien simple, en vérité, de vous figurer qu'un valet métis, qui a cinq ou six millions dans ses poches, ira chercher votre maîtresse au bout du monde et vous l'amènera à Venise. Il la prendra pour lui, s'il la trouve. S'il ne la trouve pas, il en prendra une autre ; je vous conseille d'oublier votre valet Cacambo et votre maîtresse Cunégonde. » Martin n'était pas consolant. La mélancolie de Candide augmenta, et Martin ne cessait de lui prouver qu'il y avait peu de vertu et peu de bonheur sur la terre, excepté peut-être dans Eldorado, où personne ne pouvait aller.

En disputant sur cette matière importante, et en attendant Cunégonde, Candide aperçut un jeune théa-

tin[1] dans la place Saint-Marc, qui tenait sous le bras
une fille. Le théatin paraissait frais, potelé, vigou-
reux ; ses yeux étaient brillants, son air assuré, sa mine
haute, sa démarche fière. La fille était très jolie et
chantait ; elle regardait amoureusement son théatin, et
de temps en temps lui pinçait ses grosses joues.
« Vous m'avouerez du moins, dit Candide à Martin,
que ces gens-ci sont heureux. Je n'ai trouvé jusqu'à
présent dans toute la terre habitable, excepté dans
Eldorado, que des infortunés ; mais, pour cette fille et
ce théatin, je gage que ce sont des créatures très heu-
reuses. — Je gage que non, dit Martin. — Il n'y a qu'à
les prier à dîner, dit Candide, et vous verrez si je me
trompe. »

Aussitôt il les aborde, il leur fait son compliment, et
les invite à venir à son hôtellerie manger des macaro-
nis, des perdrix de Lombardie, des œufs d'esturgeon,
et à boire du vin de Montepulciano, du lacrima-christi,
du chypre et du samos. La demoiselle rougit, le théatin accepta la partie, et la fille le suivit en regardant
Candide avec des yeux de surprise et de confusion qui
furent obscurcis de quelques larmes. À peine fut-elle
entrée dans la chambre de Candide qu'elle lui dit : « Eh
quoi ! monsieur Candide ne reconnaît plus Paquette ! »
À ces mots, Candide, qui ne l'avait pas considérée
jusque-là avec attention, parce qu'il n'était occupé que

1. L'ordre des théatins avait été fondé au XVIᵉ siècle par Gian
Petro Carafa, évêque de Chieté, et saint Gaétan de Thiennes. Il avait
été autorisé à s'établir en France en 1642. Boyer, ennemi de Voltaire, était un théatin.

de Cunégonde, lui dit : « Hélas ! ma pauvre enfant, c'est donc vous qui avez mis le docteur Pangloss dans le bel état où je l'ai vu ?

— Hélas ! monsieur, c'est moi-même, dit Paquette ; je vois que vous êtes instruit de tout. J'ai su les malheurs épouvantables arrivés à toute la maison de madame la baronne et à la belle Cunégonde. Je vous jure que ma destinée n'a guère été moins triste. J'étais fort innocente quand vous m'avez vue. Un cordelier qui était mon confesseur me séduisit aisément. Les suites en furent affreuses ; je fus obligée de sortir du château quelques temps après que monsieur le baron vous eut renvoyé à grands coups de pied dans le derrière. Si un fameux médecin n'avait pas pris pitié de moi, j'étais morte. Je fus quelque temps par reconnaissance la maîtresse de ce médecin. Sa femme, qui était jalouse à la rage, me battait tous les jours impitoyablement ; c'était une furie. Ce médecin était le plus laid de tous les hommes, et moi la plus malheureuse de toutes les créatures d'être battue continuellement pour un homme que je n'aimais pas. Vous savez, monsieur, combien il est dangereux pour une femme acariâtre d'être l'épouse d'un médecin. Celui-ci, outré des procédés de sa femme, lui donna un jour, pour la guérir d'un petit rhume, une médecine si efficace qu'elle en mourut en deux heures de temps dans des convulsions horribles. Les parents de madame intentèrent à monsieur un procès criminel ; il prit la fuite, et moi je fus mise en prison. Mon innocence ne m'aurait pas sauvée si je n'avais été un peu jolie. Le juge m'élargit à condition qu'il succéderait au médecin. Je fus bientôt supplantée par une rivale, chassée sans récompense, et obligée de continuer ce métier abominable qui vous paraît si plaisant à vous autres hommes, et qui n'est pour nous qu'un abîme de misères. J'allai exercer la profession à Venise. Ah ! monsieur, si vous pouviez vous imaginer ce que c'est que d'être obligée de caresser indifféremment un vieux marchand, un avocat, un moine, un gondolier, un abbé ; d'être exposée à toutes les insultes, à toutes les avanies ; d'être souvent réduite à emprunter une jupe pour aller se la faire lever par un homme dégoûtant ; d'être volée par l'un de ce qu'on a gagné avec l'autre ; d'être rançonnée par les officiers de justice, et de n'avoir en perspective qu'une vieillesse affreuse, un hôpital et un fumier, vous concluriez que je suis une des plus malheureuses créatures du monde. »

Paquette ouvrait ainsi son cœur au bon Candide, dans un cabinet, en présence de Martin, qui disait à Candide : « Vous voyez que j'ai déjà gagné la moitié de la gageure. »

Frère Giroflée était resté dans la salle à manger, et buvait un coup en attendant le dîner. « Mais, dit Candide à Paquette, vous aviez l'air si gai, si content, quand je vous ai rencontrée ; vous chantiez, vous caressiez le théatin avec une complaisance naturelle ; vous m'avez paru aussi heureuse que vous prétendez être infortunée. — Ah ! monsieur, répondit Paquette, c'est encore là une des misères du métier. J'ai été hier volée et battue par un officier, et il faut aujourd'hui que je paraisse de bonne humeur pour plaire à un moine. »

Candide n'en voulut pas davantage ; il avoua que Martin avait raison. On se mit à table avec Paquette et le théatin, le repas fut assez amusant, et sur la fin on se parla avec quelque confiance. «Mon Père, dit Candide au moine, vous me paraissez jouir d'une destinée que tout le monde doit envier ; la fleur de la santé brille sur votre visage, votre physionomie annonce le bonheur ; vous avez une très jolie fille pour votre récréation, et vous paraissez très content de votre état de théatin.

— Ma foi, monsieur, dit frère Giroflée, je voudrais que tous les théatins fussent au fond de la mer. J'ai été tenté cent fois de mettre le feu au couvent, et d'aller me faire turc. Mes parents me forcèrent à l'âge de quinze ans d'endosser cette détestable robe, pour laisser plus de fortune à un maudit frère aîné que Dieu confonde ! La jalousie, la discorde, la rage, habitent dans le couvent. Il est vrai que j'ai prêché quelques mauvais sermons qui m'ont valu un peu d'argent, dont le prieur me vole la moitié : le reste me sert à entretenir des filles ; mais, quand je rentre le soir dans le monastère, je suis prêt de me casser la tête contre les murs du dortoir ; et tous mes confrères sont dans le même cas. »

Martin se tournant vers Candide avec son sang-froid ordinaire : «Eh bien ! lui dit-il, n'ai-je pas gagné la gageure tout entière ? » Candide donna deux mille piastres à Paquette et mille piastres à frère Giroflée. «Je vous réponds, dit-il, qu'avec cela ils seront heureux. — Je n'en crois rien du tout, dit Martin ; vous les rendrez peut-être avec ces piastres beaucoup plus malheureux encore. — Il en sera ce qui pourra, dit Candide ; mais une chose me console, je vois qu'on retrouve souvent les gens qu'on ne croyait jamais retrouver ; il se pourra bien faire qu'ayant rencontré mon mouton rouge et Paquette, je rencontre aussi Cunégonde. — Je souhaite, dit Martin, qu'elle fasse un jour votre bonheur ; mais c'est de quoi je doute fort. — Vous êtes bien dur, dit Candide. — C'est que j'ai vécu, dit Martin.

— Mais regardez ces gondoliers, dit Candide ; ne chantent-ils pas sans cesse ? — Vous ne les voyez pas dans leur ménage, avec leurs femmes et leurs marmots d'enfants, dit Martin. Le doge a ses chagrins, les gondoliers ont les leurs. Il est vrai qu'à tout prendre le sort d'un gondolier est préférable à celui d'un doge ; mais je crois la différence si médiocre que cela ne vaut pas la peine d'être examiné.

— On parle, dit Candide, du sénateur Pococuranté[1] qui demeure dans ce beau palais sur la Brenta, et qui reçoit assez bien les étrangers. On prétend que c'est un homme qui n'a jamais eu de chagrin. — Je voudrais voir une espèce si rare », dit Martin. Candide aussitôt fit demander au seigneur Pococuranté la permission de venir le voir le lendemain.

---

1. *Pococuranté* signifie « qui se soucie de peu de chose », ou peut-être plutôt « qui se soucie peu des choses ». C'est le *dilettante*, et, comme on le verra dans la suite de ce commentaire, ses vues ne sont pas sans ressemblance avec celles de Voltaire lui-même, quand il se laisse aller au dénigrement.

CHAPITRE VINGT-CINQUIÈME

Visite chez le Seigneur Pococuranté,
noble vénitien

Candide et Martin allèrent en gondole sur la Brenta et arrivèrent au palais du noble Pococuranté. Les jardins étaient bien entendus, et ornés de belles statues de marbre ; le palais, d'une belle architecture. Le maître du logis, homme de soixante ans, fort riche, reçut très poliment les deux curieux, mais avec très peu d'empressement, ce qui déconcerta Candide et ne déplut point à Martin.

D'abord deux filles jolies et proprement mises servirent du chocolat qu'elles firent très bien mousser. Candide ne put s'empêcher de les louer sur leur beauté, sur leur bonne grâce et sur leur adresse. «Ce sont d'assez bonnes créatures, dit le sénateur Pococuranté ; je les fais quelquefois coucher dans mon lit, car je suis bien las des dames de la ville, de leurs coquetteries, de leurs jalousies, de leurs querelles, de leurs humeurs, de leurs petitesses, de leur orgueil, de leurs sottises, et des sonnets qu'il faut faire ou commander pour elles ; mais, après tout, ces deux filles commencent fort à m'ennuyer. »

Candide, après le déjeuner, se promenant dans une longue galerie, fut surpris de la beauté des tableaux. Il demanda de quel maître étaient les deux premiers.

« Ils sont de Raphaël, dit le sénateur ; je les achetai fort cher par vanité il y a quelques années ; on dit que c'est ce qu'il y a de plus beau en Italie, mais ils ne me plaisent point du tout : la couleur en est très rembrunie ; les figures ne sont pas assez arrondies, et ne sortent point assez ; les draperies ne ressemblent en rien à une étoffe ; en un mot, quoi qu'on en dise, je ne trouve point là une imitation vraie de la nature. Je n'aimerai un tableau que quand je croirai voir la nature elle-même : il n'y en a point de cette espèce. J'ai beaucoup de tableaux mais je ne les regarde plus. »

Pococuranté, en attendant le dîner, se fit donner un concerto. Candide trouva la musique délicieuse. « Ce bruit, dit Pococuranté, peut amuser une demi-heure ; mais, s'il dure plus longtemps, il fatigue tout le monde, quoique personne n'ose l'avouer. La musique aujourd'hui n'est plus que l'art d'exécuter des choses difficiles [1], et ce qui n'est que difficile ne plaît point à la longue.

« J'aimerais peut-être mieux l'opéra, si on n'avait pas trouvé le secret d'en faire un monstre qui me révolte. Ira voir qui voudra de mauvaises tragédies en musique, où les scènes ne sont faites que pour amener, très mal à propos, deux ou trois chansons ridicules qui

---

1. Contrairement à ce qu'on a pu dire, Voltaire s'intéressait à la musique. Il en était resté à la simplicité de la mélodie lulliste, et avait peine à s'adapter à des formules plus savantes, que ce soit la musique française de Rameau, ou la musique italienne avec les raffinements du *bel canto*.

font valoir le gosier d'une actrice[1] ; se pâmera de plaisir qui voudra, ou qui pourra, en voyant un châtré fredonner le rôle de César et de Caton et se promener d'un air gauche sur des planches ; pour moi, il y a longtemps que j'ai renoncé à ces pauvretés, qui font aujourd'hui la gloire de l'Italie, et que des souverains payent si chèrement. » Candide disputa un peu, mais avec discrétion. Martin fut entièrement de l'avis du sénateur.

On se mit à table, et après un excellent dîner, on entra dans la bibliothèque. Candide, en voyant un Homère[2] magnifiquement relié, loua l'illustrissime sur son bon goût. « Voilà, dit-il, un livre qui faisait les délices du grand Pangloss, le meilleur philosophe de l'Allemagne. — Il ne fait pas les miennes, dit froidement Pococuranté ; on me fit accroire autrefois que j'avais du plaisir en le lisant ; mais cette répétition continuelle de combats qui se ressemblent tous, ces dieux qui agissent toujours pour ne rien faire de décisif, cette Hélène qui est le sujet de la guerre, et qui à peine est une actrice de la pièce ; cette Troie qu'on assiège et qu'on ne prend point, tout cela me causait le plus mortel ennui. J'ai demandé quelquefois à des savants s'ils s'ennuyaient autant que moi à cette lec-

---

1. Allusion non équivoque aux « airs de bravoure » de l'opéra italien et à leurs exercices de pure virtuosité : grands *airs* qui deviendront sous la plume de Voltaire des *chansons* ridicules. Les opéras sur César et sur Caton fleurissaient dans l'Italie du XVIIIe siècle.
2. Un élément d'appréciation sur les rapports entre Voltaire et Pococuranté : les jugements sur Homère, Virgile, Le Tasse, l'Arioste sont repris presque textuellement de l'*Essai sur la poésie épique* (1733).

ture. Tous les gens sincères m'ont avoué que le livre leur tombait des mains, mais qu'il fallait toujours l'avoir dans sa bibliothèque, comme un monument de l'antiquité, et comme ces médailles rouillées qui ne peuvent être de commerce.

— Votre Excellence ne pense pas ainsi de Virgile ? dit Candide. — Je conviens, dit Pococuranté, que le second, le quatrième et le sixième livre de son *Énéide* sont excellents ; mais pour son pieux Énée, et le fort Cloanthe, et l'ami Achates, et le petit Ascanius, et l'imbécile roi Latinus, et la bourgeoise Amata, et l'insipide Lavinia, je ne crois pas qu'il y ait rien de si froid et de plus désagréable. J'aime mieux le Tasse et les contes à dormir debout de l'Arioste.

— Oserais-je vous demander, monsieur, dit Candide, si vous n'avez pas un grand plaisir à lire Horace ? — Il y a des maximes, dit Pococuranté, dont un homme du monde peut faire son profit, et qui, étant resserrées dans des vers énergiques, se gravent plus aisément dans la mémoire. Mais je me soucie fort peu de son voyage à Brindes, et de sa description d'un mauvais dîner, et de la querelle des crocheteurs entre je ne sais quel Pupilus, dont les paroles, dit-il, *étaient pleines de pus*, et un autre dont les paroles *étaient du vinaigre*. Je n'ai lu qu'avec un extrême dégoût ses vers grossiers contre des vieilles et contre des sorcières ; et je ne vois pas quel mérite il peut y avoir à dire à son ami Mæcenas que, s'il est mis par lui au rang des poètes lyriques, il frappera les astres de son front sublime. Les sots admirent tout dans un auteur estimé. Je ne lis que pour moi ; je n'aime que ce qui est à mon usage. » Candide, qui avait été élevé à ne jamais juger de rien par lui-même, était fort étonné de ce qu'il entendait ; et Martin trouvait la façon de penser de Pococuranté assez raisonnable.

« Oh ! voici un Cicéron, dit Candide ; pour ce grand homme-là, je pense que vous ne vous lassez point de le lire ? — Je ne le lis jamais, répondit le Vénitien. Que m'importe qu'il ait plaidé pour Rabirius ou pour Cluentius ? J'ai bien assez des procès que je juge ; je me serais mieux accommodé de ses œuvres philosophiques ; mais, quand j'ai vu qu'il doutait de tout, j'ai conclu que j'en savais autant que lui, et que je n'avais besoin de personne pour être ignorant.

— Ah ! voilà quatre-vingts volumes de recueils d'une académie des sciences, s'écria Martin ; il se peut qu'il y ait là du bon. — Il y en aurait, dit Pococuranté, si un seul des auteurs de ces fatras avait inventé seulement l'art de faire des épingles ; mais il n'y a dans tous ces livres que de vains systèmes et pas une seule chose utile.

— Que de pièces de théâtre je vois là ! dit Candide ; en italien, en espagnol, en français ! — Oui, dit le sénateur, il y en a trois mille, et pas trois douzaines de bonnes. Pour ces recueils de sermons, qui tous ensemble ne valent pas une page de Sénèque, et tous ces gros volumes de théologie, vous pensez bien que je ne les ouvre jamais, ni moi ni personne. »

Martin aperçut des rayons chargés de livres anglais. « Je crois, dit-il, qu'un républicain doit se plaire à la plupart de ces ouvrages, écrits si librement. — Oui, répondit Pococuranté, il est beau d'écrire ce qu'on pense ; c'est le privilège de l'homme. Dans toute notre Italie, on n'écrit que ce qu'on ne pense pas ; ceux qui habitent la patrie des Césars et des Antonins n'osent avoir une idée sans la permission d'un jacobin. Je serais content de la liberté qui inspire les génies anglais si la passion et l'esprit de parti ne corrompaient pas tout ce que cette précieuse liberté a d'estimable. »

Candide, apercevant un Milton [1], lui demanda s'il ne regardait pas cet auteur comme un grand homme. « Qui ? dit Pococuranté, ce barbare qui fait un long commentaire du premier chapitre de la Genèse en dix livres de vers durs ? ce grossier imitateur des Grecs, qui défigure la création, et qui, tandis que Moïse représente l'Être éternel produisant le monde par la parole, fait prendre un grand compas par le Messiah dans une armoire du ciel pour tracer son ouvrage ? Moi, j'estimerais celui qui a gâté l'enfer et le diable du Tasse ; qui déguise Lucifer tantôt en crapaud, tantôt en pygmée ; qui lui fait rebattre cent fois les mêmes discours ; qui le fait disputer sur la théologie ; qui, en imitant sérieusement l'invention comique des armes à feu de l'Arioste, fait tirer le canon dans le ciel par les diables ? Ni moi, ni personne en Italie, n'a pu se plaire à toutes ces tristes extravagances. Le mariage du péché et de la mort et les couleuvres dont le péché accouche font vomir tout homme qui a le goût un peu délicat, et sa longue description d'un hôpital n'est bonne que pour

---

1. Voltaire s'est toujours montré à l'égard de Milton d'une grande sévérité (cf. notamment *Essai sur la poésie épique*, 1733, et article « Épopée » du *Dictionnaire philosophique*).

un fossoyeur. Ce poème obscur, bizarre et dégoûtant, fut méprisé à sa naissance; je le traite aujourd'hui comme il fut traité dans sa patrie par les contemporains. Au reste, je dis ce que je pense, et je me soucie fort peu que les autres pensent comme moi. » Candide était affligé de ces discours; il respectait Homère, il aimait un peu Milton. « Hélas! dit-il tout bas à Martin, j'ai bien peur que cet homme-ci n'ait un souverain mépris pour nos poètes allemands. — Il n'y aurait pas grand mal à cela, dit Martin. — Oh, quel homme supérieur! disait encore Candide entre ses dents, quel grand génie que ce Pococuranté! rien ne peut lui plaire. »

Après avoir fait ainsi la revue de tous les livres, ils descendirent dans le jardin. Candide en loua toutes les beautés. « Je ne sais rien de si mauvais goût, dit le maître : nous n'avons ici que des colifichets; mais je vais dès demain en faire planter un d'un dessin plus noble. »

Quand les deux curieux eurent pris congé de Son Excellence : « Or çà, dit Candide à Martin, vous conviendrez que voilà le plus heureux de tous les hommes, car il est au-dessus de tout ce qu'il possède. — Ne voyez-vous pas, dit Martin, qu'il est dégoûté de tout ce qu'il possède? Platon[1] a dit, il y a longtemps, que les meilleurs estomacs ne sont pas ceux qui rebutent tous les aliments. — Mais, dit Candide, n'y a-t-il pas du plaisir à tout critiquer, à sentir des défauts où les autres hommes croient voir des beautés? — C'est-

---

1. Voltaire condense ici sous la forme d'une maxime tout un passage de la *République* de Platon (475 c)

à-dire, reprit Martin, qu'il y a du plaisir à n'avoir pas de plaisir? — Oh bien! dit Candide, il n'y a donc d'heureux que moi, quand je reverrai Mlle Cunégonde. — C'est toujours bien fait d'espérer», dit Martin.

Cependant les jours, les semaines s'écoulaient; Cacambo ne revenait point, et Candide était si abîmé dans sa douleur qu'il ne fit pas même réflexion que Paquette et frère Giroflée n'étaient pas venus seulement le remercier.

CHAPITRE VINGT-SIXIÈME

*D'un souper que Candide
et Martin firent avec six étrangers,
et qui ils étaient*

Un soir que Candide, suivi de Martin, allait se mettre à table avec les étrangers qui logeaient dans la même hôtellerie, un homme à visage couleur de suie l'aborda par-derrière, et, le prenant par le bras, lui dit : « Soyez prêt à partir avec nous, n'y manquez pas. » Il se retourne, et voit Cacambo. Il n'y avait que la vue de Cunégonde qui pût l'étonner et lui plaire davantage. Il fut sur le point de devenir fou de joie. Il embrasse son cher ami. « Cunégonde est ici, sans doute, où est-elle ? Mène-moi vers elle, que je meure de joie avec elle. — Cunégonde n'est point ici, dit Cacambo, elle est à Constantinople. — Ah, Ciel ! à Constantinople ! mais, fût-elle à la Chine, j'y vole, partons. — Nous partirons après souper, reprit Cacambo, je ne peux vous en dire davantage ; je suis esclave, mon maître m'attend ; il faut que j'aille le servir à table : ne dites mot ; soupez et tenez-vous prêt. »

Candide, partagé entre la joie et la douleur, charmé d'avoir revu son agent fidèle, étonné de le voir esclave, plein de l'idée de retrouver sa maîtresse, le cœur agité, l'esprit bouleversé, se mit à table avec Martin, qui voyait de sang-froid toutes ces aventures, et avec six étrangers qui étaient venus passer le carnaval à Venise.

Cacambo, qui versait à boire à l'un de ces six étrangers, s'approcha de l'oreille de son maître, sur la fin du repas, et lui dit : « Sire, Votre Majesté partira quand elle voudra, le vaisseau est prêt. » Ayant dit ces mots, il sortit. Les convives, étonnés, se regardaient sans proférer une seule parole, lorsqu'un autre domestique, s'approchant de son maître, lui dit : « Sire, la chaise de Votre Majesté est à Padoue, et la barque est prête. » Le maître fit un signe, et le domestique partit. Tous les convives se regardèrent encore, et la surprise commune redoubla. Un troisième valet, s'approchant aussi d'un troisième étranger, lui dit : « Sire, croyez-moi, Votre Majesté ne doit pas rester ici plus longtemps : je vais tout préparer » ; et aussitôt il disparut.

Candide et Martin ne doutèrent pas alors que ce ne fût une mascarade du carnaval. Un quatrième domestique dit au quatrième maître : « Votre Majesté partira quand elle voudra », et sortit comme les autres. Le cinquième valet en dit autant au cinquième maître. Mais le sixième valet parla différemment au sixième étranger, qui était auprès de Candide ; il lui dit : « Ma foi, Sire, on ne veut plus faire crédit à Votre Majesté, ni à moi non plus ; et nous pourrions bien être coffrés cette nuit, vous et moi : je vais pourvoir à mes affaires ; adieu. »

Tous les domestiques ayant disparu, les six étrangers, Candide et Martin demeurèrent dans un profond silence. Enfin Candide le rompit. « Messieurs, dit-il, voilà une singulière plaisanterie : pourquoi êtes-vous tous rois ? Pour moi, je vous avoue que ni moi ni Martin nous ne le sommes. »

Le maître de Cacambo prit alors gravement la parole, et dit en italien : « Je ne suis point plaisant, je m'appelle Achmet III[1]. J'ai été grand sultan plusieurs années ; je détrônai mon frère ; mon neveu m'a détrôné ; on a coupé le cou à mes vizirs ; j'achève ma vie dans le vieux sérail ; mon neveu le grand sultan Mahmoud me permet de voyager quelquefois pour ma santé, et je suis venu passer le carnaval à Venise. »

Un jeune homme qui était auprès d'Achmet parla après lui, et dit : « Je m'appelle Ivan[2] ; j'ai été empereur de toutes les Russies ; j'ai été détrôné au berceau ; mon père et ma mère ont été enfermés ; on m'a élevé en prison ; j'ai quelquefois la permission de voyager, accompagné de ceux qui me gardent, et je suis venu passer le carnaval à Venise. »

---

1. Achmet III fut sultan de Turquie de 1703 à 1730. Détrôné par les janissaires en 1730, il mourut en 1736.
2. Ivan VI Antonovitch, tsar de Russie en 1740-1741, fut détrôné au profit d'Élizabeth, fille de Pierre le Grand. Exilé, il fut emprisonné et condamné à mort sous Catherine II.

Le troisième dit : «Je suis Charles-Édouard[1], roi d'Angleterre ; mon père m'a cédé ses droits au royaume ; j'ai combattu pour les soutenir ; on a arraché le cœur à huit cents de mes partisans, et on leur en a battu les joues. J'ai été mis en prison ; je vais à Rome faire une visite au roi mon père, détrôné ainsi que moi et mon grand-père, et je suis venu passer le carnaval à Venise.»

Le quatrième prit alors la parole et dit : «Je suis roi des Polaques[2] ; le sort de la guerre m'a privé de mes États héréditaires ; mon père a éprouvé les mêmes revers ; je me résigne à la Providence comme le sultan Achmet, l'empereur Ivan et le roi Charles-Édouard, à qui Dieu donne une longue vie, et je suis venu passer le carnaval à Venise.»

Le cinquième dit : «Je suis aussi roi des Polaques ; j'ai perdu mon royaume deux fois ; mais la Providence m'a donné un autre État, dans lequel j'ai fait plus de bien que tous les rois des Sarmates ensemble n'en ont jamais pu faire sur les bords de la Vistule ; je me résigne aussi à la Providence, et je suis venu passer le carnaval à Venise.»

1. Charles-Édouard (1720-1788), dit «le jeune Prétendant». Fils de Jacques III Stuart et petit-fils de Jacques II, il essaya vainement de reprendre le trône d'Angleterre en 1745, à la faveur de la guerre entre la France et l'Angleterre. Son père, Jacques III, également détrôné, mourut à Rome en 1766.
2. Le roi des Polaques, c'est-à-dire des Polonais, est Auguste III, électeur de Saxe et roi de Pologne, qui fut chassé de ses États héréditaires en 1756 par Frédéric II. Le cinquième roi est Stanislas Leszczynski ; élu roi de Pologne en 1704, il perdit son trône en 1709. Sa fille Marie Leszczynska épousa Louis XV en 1725.

Il restait au sixième monarque à parler. « Messieurs, dit-il, je ne suis pas si grand seigneur que vous ; mais enfin j'ai été roi tout comme un autre. Je suis Théodore[1] ; on m'a élu roi en Corse ; on m'a appelé *Votre Majesté*, et à présent, à peine m'appelle-t-on *Monsieur*. J'ai fait frapper de la monnaie, et je ne possède pas un denier ; j'ai eu deux secrétaires d'État, et j'ai à peine un valet ; je me suis vu sur un trône, et j'ai longtemps été à Londres en prison, sur la paille. J'ai bien peur d'être traité de même ici, quoique je sois venu comme Vos Majestés passer le carnaval à Venise. »

Les cinq autres rois écoutèrent ce discours avec une noble compassion. Chacun d'eux donna vingt sequins au roi Théodore pour avoir des habits et des chemises ; et Candide lui fit présent d'un diamant de deux mille sequins. « Quel est donc, disaient les cinq rois, ce simple particulier qui est en état de donner cent fois autant que chacun de nous, et qui le donne ? »

Dans l'instant qu'on sortait de table, il arriva dans la même hôtellerie quatre altesses sérénissimes qui avaient aussi perdu leurs États par le sort de la guerre, et qui venaient passer le reste du carnaval à Venise. Mais Candide ne prit pas seulement garde à ces nouveaux venus. Il n'était occupé que d'aller trouver sa chère Cunégonde à Constantinople.

---

1. Le baron Théodore, aventurier au service de la Suède, puis résident de Charles VI, empereur d'Autriche, à Florence. Il aida les Corses révoltés contre Gênes et fut proclamé plusieurs fois roi de Corse. Il fut emprisonné quelques années pour dettes en Angleterre, où il mourut en 1756.

CHAPITRE VINGT-SEPTIÈME

Voyage de Candide à Constantinople

Le fidèle Cacambo avait déjà obtenu du patron turc qui allait reconduire le sultan Achmet à Constantinople qu'il recevrait Candide et Martin sur son bord. L'un et l'autre s'y rendirent après s'être prosternés devant Sa misérable Hautesse. Candide, chemin faisant, disait à Martin : « Voilà pourtant six rois détrônés, avec qui nous avons soupé, et encore dans ces six rois il y en a un à qui j'ai fait l'aumône. Peut-être y a-t-il beaucoup d'autres princes plus infortunés. Pour moi, je n'ai perdu que cent moutons, et je vole dans les bras de Cunégonde. Mon cher Martin, encore une fois, Pangloss avait raison : tout est bien. — Je le souhaite, dit Martin. — Mais, dit Candide, voilà une aventure bien peu vraisemblable que nous avons eue à Venise. On n'avait jamais vu ni ouï conter que six rois détrônés soupassent ensemble au cabaret — Cela n'est pas plus extraordinaire, dit Martin, que la plupart des choses qui nous sont arrivées. Il est très commun que des rois soient détrônés, et à l'égard de l'honneur que nous avons eu de souper avec eux, c'est une bagatelle qui ne mérite pas notre attention. »

À peine Candide fut-il dans le vaisseau qu'il sauta au cou de son ancien valet, de son ami Cacambo. « Eh bien ! lui dit-il, que fait Cunégonde ? Est-elle toujours un prodige de beauté ? M'aime-t-elle toujours ? Comment se porte-t-elle ? Tu lui as sans doute acheté un palais à Constantinople ?

— Mon cher maître, répondit Cacambo, Cunégonde lave les écuelles sur le bord de la Propontide, chez un prince qui a très peu d'écuelles ; elle est esclave dans la maison d'un ancien souverain nommé Ragotski[1], à qui le Grand Turc donne trois écus par jour dans son asile ; mais ce qui est bien plus triste, c'est qu'elle a perdu sa beauté et qu'elle est devenue horriblement laide. — Ah ! belle ou laide, dit Candide, je suis honnête homme, et mon devoir est de l'aimer toujours. Mais comment peut-elle être réduite à un état si abject avec les cinq ou six millions que tu avais apportés ? — Bon, dit Cacambo, ne m'en a-t-il pas fallu donner deux millions au señor don Fernando d'Ibaraa, y Figueora, y Mascarenes, y Lampourdos, y Souza, gouverneur de Buenos-Ayres, pour avoir la permission de reprendre mademoiselle Cunégonde ? Et un pirate ne nous a-t-il pas bravement dépouillés de tout le reste ? Ce pirate ne nous a-t-il pas menés au cap de Matapan, à Milo, à Nicarie, à Samos, à Petra, aux Dardanelles, à Marmora, à Scutari ? Cunégonde et la vieille servent chez ce prince dont je vous ai parlé, et moi je suis esclave du sultan détrôné. — Que d'épouvantables calamités enchaînées les unes

1. François Ragotzki (1676-1735), prince de Transylvanie, aidé des subsides de Louis XIV et avec l'appui des Turcs, souleva les Hongrois contre l'empereur d'Autriche. Vaincu, il se retira effectivement sur les bords de la « Propontide », c'est-à-dire de la mer de Marmara.

aux autres ! dit Candide. Mais, après tout, j'ai encore quelques diamants ; je délivrerai aisément Cunégonde. C'est bien dommage qu'elle soit devenue si laide. »

Ensuite, se tournant vers Martin : « Qui pensez-vous, dit-il, qui soit le plus à plaindre, de l'empereur Achmet, de l'empereur Ivan, du roi Charles-Édouard, ou de moi ? — Je n'en sais rien, dit Martin ; il faudrait que je fusse dans vos cœurs pour le savoir. — Ah ! dit Candide, si Pangloss était ici, il le saurait et nous l'apprendrait. — Je ne sais, dit Martin, avec quelles balances votre Pangloss aurait pu peser les infortunes des hommes et apprécier leurs douleurs. Tout ce que je présume, c'est qu'il y a des millions d'hommes sur la terre cent fois plus à plaindre que le roi Charles-Édouard, l'empereur Ivan et le sultan Achmet. — Cela pourrait bien être », dit Candide.

On arriva en peu de jours sur le canal de la mer Noire. Candide commença par racheter Cacambo fort cher, et, sans perdre de temps, il se jeta dans une galère, avec ses compagnons, pour aller sur le rivage de la Propontide chercher Cunégonde, quelque laide qu'elle pût être.

Il y avait dans la chiourme deux forçats qui ramaient fort mal, et à qui le levanti patron appliquait de temps en temps quelques coups de nerf de bœuf sur leurs épaules nues ; Candide, par un mouvement naturel, les regarda plus attentivement que les autres galériens et s'approcha d'eux avec pitié. Quelques traits de leurs visages défigurés lui parurent avoir un peu de ressemblance avec Pangloss et avec ce malheureux jésuite, ce baron, ce frère de Mlle Cunégonde. Cette idée l'émut et l'attrista. Il les considéra encore plus attentivement «En vérité, dit-il à Cacambo, si je n'avais pas vu pendre maître Pangloss, et si je n'avais pas eu le malheur de tuer le baron, je croirais que ce sont eux qui rament dans cette galère.»

Au nom du baron et de Pangloss les deux forçats poussèrent un grand cri, s'arrêtèrent sur leur banc et laissèrent tomber leurs rames. Le levanti patron accourait sur eux, et les coups de nerf de bœuf redoublaient. «Arrêtez, arrêtez, Seigneur, s'écria Candide, je vous donnerai tant d'argent que vous voudrez. — Quoi! c'est Candide! disait l'un des forçats. — Quoi! c'est Candide! disait l'autre. — Est-ce un songe? dit Candide; veillé-je? suis-je dans cette galère? Est-ce là monsieur le baron que j'ai tué? Est-ce là maître Pangloss que j'ai vu pendre?

— C'est nous-mêmes, c'est nous-mêmes, répondaient-ils. — Quoi! c'est là ce grand philosophe? disait Martin

— Eh! Monsieur le levanti patron, dit Candide, combien voulez-vous d'argent pour la rançon de M. de Thunder-ten-tronckh, un des premiers barons de l'Empire, et de M. Pangloss, le plus profond métaphysicien d'Allemagne? — Chien de chrétien, répondit le levanti patron, puisque ces deux chiens de forçats chrétiens sont des barons et des métaphysiciens, ce qui est sans doute une grande dignité dans leurs pays, tu m'en donneras cinquante mille sequins. — Vous les aurez, monsieur, ramenez-moi comme un éclair à Constantinople, et vous serez payé sur-le-champ. Mais non, menez-moi

chez Mlle Cunégonde.» Le levanti patron, sur la première offre de Candide, avait déjà tourné la proue vers
la ville, et il faisait ramer plus vite qu'un oiseau ne fend
les airs.

Candide embrassa cent fois le baron et Pangloss.
«Et comment ne vous ai-je pas tué, mon cher baron ?
et mon cher Pangloss, comment êtes-vous en vie après
avoir été pendu ? et pourquoi êtes-vous tous deux aux
galères en Turquie ? — Est-il bien vrai que ma chère
sœur soit dans ce pays ? disait le baron. — Oui, répondait Cacambo. — Je revois donc mon cher Candide»,
s'écriait Pangloss. Candide leur présentait Martin et
Cacambo. Ils s'embrassaient tous, ils parlaient tous à
la fois. La galère volait, ils étaient déjà dans le port.
On fit venir un Juif, à qui Candide vendit pour cinquante mille sequins un diamant de la valeur de cent
mille, et qui lui jura par Abraham qu'il n'en pouvait
donner davantage. Il paya incontinent la rançon du
baron et de Pangloss. Celui-ci se jeta aux pieds de son
libérateur et les baigna de larmes ; l'autre le remercia
par un signe de tête, et lui promit de lui rendre cet
argent à la première occasion. «Mais est-il bien possible que ma sœur soit en Turquie ? disait-il. — Rien
n'est si possible, reprit Cacambo, puisqu'elle écure la
vaisselle chez un prince de Transylvanie.» On fit aussitôt venir deux Juifs ; Candide vendit encore des diamants ; et ils repartirent tous dans une autre galère pour
aller délivrer Cunégonde.

CHAPITRE VINGT-HUITIÈME

Ce qui arriva à Candide, à Cunégonde,
à Pangloss, à Martin, etc.

« Pardon, encore une fois, dit Candide au baron ; pardon, mon Révérend Père, de vous avoir donné un grand coup d'épée au travers du corps. — N'en parlons plus, dit le baron ; je fus un peu trop vif, je l'avoue ; mais, puisque vous voulez savoir par quel hasard vous m'avez vu aux galères, je vous dirai qu'après avoir été guéri de ma blessure par le frère apothicaire du collège, je fus attaqué et enlevé par un parti espagnol ; on me mit en prison à Buenos-Ayres dans le temps que ma sœur venait d'en partir. Je demandai à retourner à Rome auprès du père général. Je fus nommé pour aller servir d'aumônier à Constantinople auprès de M. l'ambassadeur de France. Il n'y avait pas huit jours que j'étais entré en fonctions, quand je trouvai sur le soir un jeune icoglan[1] très bien fait. Il faisait fort chaud : le jeune homme voulut se baigner ; je pris cette occasion de me baigner aussi. Je ne savais pas que ce fût un crime capital pour un chrétien d'être trouvé tout nu avec un jeune musulman. Un cadi[2] me fit donner cent coups de bâton sous la plante des

---

1. Les *icoglans* sont les pages du sérail du sultan.
2. Le *cadi* est un juge musulman chargé de fonctions civiles et religieuses.

pieds et me condamna aux galères. Je ne crois pas qu'on ait fait une plus horrible injustice. Mais je voudrais bien savoir pourquoi ma sœur est dans la cuisine d'un souverain de Transylvanie réfugié chez les Turcs.

— Mais vous, mon cher Pangloss, dit Candide, comment se peut-il que je vous revoie ? — Il est vrai, dit Pangloss, que vous m'avez vu pendre ; je devais naturellement être brûlé ; mais vous vous souvenez qu'il plut à verse lorsqu'on allait me cuire : l'orage fut si violent qu'on désespéra d'allumer le feu ; je fus pendu, parce qu'on ne put mieux faire : un chirurgien acheta mon corps, m'emporta chez lui, et me disséqua. Il me fit d'abord une incision cruciale depuis le nombril jusqu'à la clavicule. On ne pouvait pas avoir été plus mal pendu que je l'avais été. L'exécuteur des hautes œuvres de la sainte Inquisition, lequel était sous-diacre, brûlait à la vérité les gens à merveille, mais il n'était pas accoutumé à pendre : la corde était mouillée et glissa mal, elle fut nouée ; enfin je respirais encore : l'incision cruciale me fit jeter un si grand cri que mon chirurgien tomba à la renverse, et, croyant qu'il disséquait le diable, il s'enfuit en mourant de peur, et tomba encore sur l'escalier en fuyant. Sa femme accourut au bruit, d'un cabinet voisin ; elle me vit sur la table étendu avec mon incision cruciale : elle eut encore plus de peur que son mari, s'enfuit et tomba sur lui. Quand ils furent un peu revenus à eux, j'entendis la chirurgienne qui disait au chirurgien : "Mon bon, de quoi vous avisez-vous aussi de disséquer un hérétique ? Ne savez-vous pas que le diable est toujours dans le corps de ces gens-là ? Je vais vite chercher un prêtre pour l'exorciser." Je frémis à ce propos, et je ramassai le peu de forces qui me restaient, pour crier : "Ayez pitié de moi !" Enfin le barbier portugais s'enhardit ; il recousit ma peau ; sa femme même eut soin de moi ; je fus sur pied au bout de quinze jours. Le barbier me trouva une condition, et me fit laquais d'un chevalier de Malte qui allait à Venise ; mais mon maître n'ayant pas de quoi me payer, je me mis au service d'un marchand véni- tien, et je le suivis à Constantinople.

« Un jour il me prit fantaisie d'entrer dans une mos- quée ; il n'y avait qu'un vieil iman [1] et une jeune dévote très jolie qui disait ses patenôtres ; sa gorge était toute découverte : elle avait entre ses deux tétons un beau bouquet de tulipes, de roses, d'anémones, de renon- cules, d'hyacinthes et d'oreilles-d'ours ; elle laissa tomber son bouquet ; je le ramassai, et je le lui remis avec un empressement très respectueux. Je fus si long- temps à le lui remettre que l'iman se mit en colère, et voyant que j'étais chrétien, il cria à l'aide. On me mena chez le cadi, qui me fit donner cent coups de lattes sur la plante des pieds et m'envoya aux galères. Je fus enchaîné précisément dans la même galère et au même banc que monsieur le baron. Il y avait dans cette galère quatre jeunes gens de Marseille, cinq prêtres napoli- tains, et deux moines de Corfou, qui nous dirent que de pareilles aventures arrivaient tous les jours. Mon- sieur le baron prétendait qu'il avait essuyé une plus grande injustice que moi ; je prétendais, moi, qu'il était beaucoup plus permis de remettre un bouquet sur la

---

1 Un *iman* (imam) est un ministre de la religion musulmane.

gorge d'une femme que d'être tout nu avec un icoglan. Nous disputions sans cesse, et nous recevions vingt coups de nerf de bœuf par jour, lorsque l'enchaînement des événements de cet univers vous a conduit dans notre galère, et que vous nous avez rachetés.

— Eh bien ! mon cher Pangloss, lui dit Candide, quand vous avez été pendu, disséqué, roué de coups, et que vous avez ramé aux galères, avez-vous toujours pensé que tout allait le mieux du monde ? — Je suis toujours de mon premier sentiment, répondit Pangloss, car enfin je suis philosophe : il ne me convient pas de me dédire, Leibnitz ne pouvant pas avoir tort, et l'harmonie préétablie étant d'ailleurs la plus belle chose du monde, aussi bien que le plein et la matière subtile [1]. »

CHAPITRE VINGT-NEUVIÈME

Comment Candide retrouva Cunégonde et la vieille

Pendant que Candide, le baron, Pangloss, Martin et Cacambo contaient leurs aventures, qu'ils raisonnaient

---

1. Tout au long des *Éléments de la philosophie de Newton* (1738), Voltaire a raillé les conceptions de la métaphysique cartésienne, « les tourbillons de matière subtile » et cette connexion dans le « plein » qui exclut évidemment l'existence du vide. Quant à l'harmonie préétablie, c'est une des théories de Leibniz les plus connues. Voir déjà, à ce sujet, le dernier chapitre de *Micromégas*.

sur les événements contingents ou non contingents de cet univers, qu'ils disputaient sur les effets et les causes, sur le mal moral et sur le mal physique, sur la liberté et la nécessité, sur les consolations que l'on peut éprouver lorsqu'on est aux galères en Turquie, ils abordèrent sur le rivage de la Propontide à la maison du prince de Transylvanie. Les premiers objets qui se présentèrent furent Cunégonde et la vieille, qui étendaient des serviettes sur des ficelles pour les faire sécher.

Le baron pâlit à cette vue. Le tendre amant Candide, en voyant sa belle Cunégonde rembrunie, les yeux éraillés, la gorge sèche, les joues ridées, les bras rouges et écaillés, recula trois pas saisi d'horreur, et avança ensuite par bon procédé. Elle embrassa Candide et son frère ; on embrassa la vieille : Candide les racheta toutes deux.

Il y avait une petite métairie dans le voisinage : la vieille proposa à Candide de s'en accommoder, en attendant que toute la troupe eût une meilleure destinée. Cunégonde ne savait pas qu'elle était enlaidie, personne ne l'en avait avertie : elle fit souvenir Candide de ses promesses avec un ton si absolu que le bon Candide n'osa pas la refuser. Il signifia donc au baron qu'il allait se marier avec sa sœur. « Je ne souffrirai jamais, dit le baron, une telle bassesse de sa part et une telle insolence de la vôtre ; cette infamie ne me sera jamais reprochée : les enfants de ma sœur ne pourraient entrer dans les chapitres d'Allemagne. Non, jamais ma sœur n'épousera qu'un baron de l'Empire. » Cunégonde se jeta à ses pieds et les baigna de larmes ; il fut inflexible. « Maître fou, lui dit Candide, je t'ai

réchappé des galères, j'ai payé ta rançon, j'ai payé celle de ta sœur ; elle lavait ici des écuelles, elle est laide, j'ai la bonté d'en faire ma femme, et tu prétends encore t'y opposer ! Je te retuerais si j'en croyais ma colère.
— Tu peux me tuer encore, dit le baron, mais tu n'épouseras pas ma sœur de mon vivant. »

CHAPITRE TRENTIÈME

Conclusion

Candide, dans le fond de son cœur, n'avait aucune envie d'épouser Cunégonde. Mais l'impertinence extrême du baron le déterminait à conclure le mariage, et Cunégonde le pressait si vivement qu'il ne pouvait s'en dédire. Il consulta Pangloss, Martin et le fidèle Cacambo. Pangloss fit un beau mémoire par lequel il prouvait que le baron n'avait nul droit sur sa sœur, et qu'elle pouvait, selon toutes les lois de l'Empire, épouser Candide de la main gauche. Martin conclut à jeter le baron dans la mer. Cacambo décida qu'il fallait le rendre au levanti patron et le remettre aux galères ; après quoi on l'enverrait à Rome au père général par le premier vaisseau. L'avis fut trouvé fort bon ; la vieille l'approuva ; on n'en dit rien à sa sœur ; la chose fut exécutée pour quelque argent, et on eut le plaisir d'attraper un jésuite et de punir l'orgueil d'un baron allemand.

Il était tout naturel d'imaginer qu'après tant de

désastres, Candide, marié avec sa maîtresse et vivant avec le philosophe Pangloss, le philosophe Martin, le prudent Cacambo et la vieille, ayant d'ailleurs rapporté tant de diamants de la patrie des anciens Incas, mènerait la vie du monde la plus agréable; mais il fut tant friponné par les Juifs qu'il ne lui resta plus rien que sa petite métairie; sa femme, devenant tous les jours plus laide, devint acariâtre et insupportable; la vieille était infirme et fut encore de plus mauvaise humeur que Cunégonde. Cacambo, qui travaillait au jardin, et qui allait vendre des légumes à Constantinople, était excédé de travail et maudissait sa destinée Pangloss était au désespoir de ne pas briller dans quelque université d'Allemagne. Pour Martin, il était fermement persuadé qu'on est également mal partout; il prenait les choses en patience. Candide, Martin et Pangloss disputaient quelquefois de métaphysique et de morale. On voyait souvent passer sous les fenêtres de la métairie des bateaux chargés d'effendis[1], de bachas, de cadis, qu'on envoyait en exil à Lemnos, à Mitylène, à Erzeroum. On voyait venir d'autres cadis, d'autres bachas, d'autres effendis, qui prenaient la place des expulsés et qui étaient expulsés à leur tour. On voyait des têtes proprement empaillées[2]

1. Chez les Turcs, le mot *effendi* est un titre honorifique qui se donne à certains hauts fonctionnaires et qui, de nos jours, s'emploie comme formule de politesse quand on s'adresse à quelqu'un. Les *bachas* ou pachas sont les gouverneurs des diverses provinces de l'Empire ottoman.

2. Le détail est exact : ces têtes empaillées étaient exposées au portail du vieux palais, dans des niches disposées à cet effet.

qu'on allait présenter à la Sublime Porte. Ces spectacles faisaient redoubler les dissertations ; et quand on ne disputait pas, l'ennui était si excessif que la vieille osa un jour leur dire : « Je voudrais savoir lequel est le pire, ou d'être violée cent fois par des pirates nègres, d'avoir une fesse coupée, de passer par les baguettes chez les Bulgares, d'être fouetté et pendu dans un auto-da-fé, d'être disséqué, de ramer en galère, d'éprouver enfin toutes les misères par lesquelles nous avons tous passé, ou bien de rester ici à ne rien faire ? — · C'est une grande question », dit Candide

Ce discours fit naître de nouvelles réflexions, et Martin surtout conclut que l'homme était né pour vivre dans les convulsions de l'inquiétude, ou dans la léthargie de l'ennui. Candide n'en convenait pas, mais il n'assurait rien. Pangloss avouait qu'il avait toujours horriblement souffert ; mais ayant soutenu une fois que tout allait à merveille, il le soutenait toujours, et n'en croyait rien.

Une chose acheva de confirmer Martin dans ses détestables principes, de faire hésiter plus que jamais Candide, et d'embarrasser Pangloss. C'est qu'ils virent un jour aborder dans leur métairie Paquette et le frère Giroflée, qui étaient dans la plus extrême misère ; ils avaient bien vite mangé leurs trois mille piastres, s'étaient quittés, s'étaient raccommodés, s'étaient brouillés, avaient été mis en prison, s'étaient enfuis, et enfin frère Giroflée s'était fait turc. Paquette continuait son métier partout, et n'y gagnait plus rien. « Je l'avais bien prévu, dit Martin à Candide, que vos présents seraient bientôt dissipés et ne les rendraient que plus misérables. Vous avez regorgé de millions de piastres, vous et Cacambo, et vous n'êtes pas plus heureux que frère Giroflée et Paquette. — Ah, ah! dit Pangloss à Paquette, le ciel vous ramène donc ici parmi nous, ma pauvre enfant! Savez-vous bien que vous m'avez coûté le bout du nez, un œil et une oreille? Comme vous voilà faite! Et qu'est-ce que ce monde!» Cette nouvelle aventure les engagea à philosopher plus que jamais.

Il y avait dans le voisinage un derviche très fameux, qui passait pour le meilleur philosophe de la Turquie; ils allèrent le consulter; Pangloss porta la parole, et lui dit: «Maître, nous venons vous prier de nous dire pourquoi un aussi étrange animal que l'homme a été formé.

— De quoi te mêles-tu? dit le derviche, est-ce là ton affaire? — Mais, mon Révérend Père, dit Candide, il y a horriblement de mal sur la terre. — Qu'importe, dit le derviche, qu'il y ait du mal ou du bien? Quand Sa Hautesse envoie un vaisseau en Égypte, s'embarrasse-t-elle si les souris qui sont dans le vaisseau sont à leur aise ou non? — Que faut-il donc faire? dit Pangloss. — Te taire, dit le derviche. — Je me flattais, dit Pangloss, de raisonner un peu avec vous des effets et des causes, du meilleur des mondes possibles, de l'origine du mal, de la nature de l'âme et de l'harmonie préétablie.» Le derviche, à ces mots, leur ferma la porte au nez.

Pendant cette conversation, la nouvelle s'était répandue qu'on venait d'étrangler à Constantinople deux vizirs du banc[1] et le muphti, et qu'on avait empalé plusieurs de leurs amis. Cette catastrophe faisait partout un grand bruit pendant quelques heures. Pangloss, Candide et Martin, en retournant à la petite métairie, rencontrèrent un bon vieillard qui prenait le frais à sa porte sous un berceau d'orangers. Pangloss, qui était aussi curieux que raisonneur, lui demanda comment se nommait le muphti qu'on venait d'étrangler. « Je n'en sais rien, répondit le bonhomme, et je n'ai jamais su le nom d'aucun muphti ni d'aucun vizir. J'ignore absolument l'aventure dont vous me parlez ; je présume qu'en général ceux qui se mêlent des affaires publiques périssent quelquefois misérablement, et qu'ils le méritent ; mais je ne m'informe jamais de ce qu'on fait à Constantinople ; je me contente d'y envoyer vendre les fruits du jardin que je cultive. » Ayant dit ces mots, il fit entrer les étrangers dans sa maison : ses deux filles et ses deux fils leur présentèrent plusieurs sortes de sorbets qu'ils faisaient eux-mêmes, du kaïmac piqué d'écorces de cédrat confit, des oranges, des citrons, des limons, des ananas, des pistaches, du café de Moka qui n'était point mêlé avec le mauvais café de Batavia et des îles. Après quoi les deux filles de ce bon musulman parfumèrent les barbes de Candide, de Pangloss et de Martin.

« Vous devez avoir, dit Candide au Turc, une vaste et magnifique terre ? — Je n'ai que vingt arpents,

---

1. Les *vizirs du banc* sont les ministres admis au conseil du Grand Seigneur. Les *muphtis* sont les membres du clergé musulman chargés de faire respecter la loi religieuse. Ici, il doit s'agir du grand muphti de Constantinople.

répondit le Turc ; je les cultive avec mes enfants ; le travail éloigne de nous trois grands maux : l'ennui, le vice, et le besoin. »

Candide, en retournant dans sa métairie, fit de profondes réflexions sur le discours du Turc. Il dit à Pangloss et à Martin : « Ce bon vieillard me paraît s'être fait un sort bien préférable à celui des six rois avec qui nous avons eu l'honneur de souper. — Les grandeurs, dit Pangloss, sont fort dangereuses, selon le rapport de tous les philosophes : car enfin Églon [1], roi des Moabites, fut assassiné par Aod ; Absalon fut pendu par les cheveux et percé de trois dards ; le roi Nadab, fils de Jéroboam, fut tué par Baaza ; le roi Éla, par Zambri ; Ochosias, par Jéhu ; Athalia, par Joïada ; les rois Joachim, Jéchonias, Sédécias, furent esclaves. Vous savez comment périrent Crésus, Astyage, Darius, Denys de Syracuse, Pyrrhus, Persée, Annibal, Jugurtha, Arioviste, César, Pompée, Néron, Othon, Vitellius, Domitien, Richard II d'Angleterre, Édouard II, Henri VI, Richard III, Marie Stuart, Charles Ier, les trois Henri de France, l'empereur Henri IV ? Vous savez… — Je sais aussi, dit Candide, qu'il faut cultiver notre jardin. — Vous avez raison, dit Pangloss : car, quand l'homme fut mis dans le jardin d'Éden, il y fut mis *ut operaretur eum*, pour qu'il travaillât, ce qui prouve que

---

1. Ces souvenirs bibliques semblent provenir des lectures de Dom Calmet (*Histoire de l'Ancien Testament*, 1718, et *Dictionnaire de la Bible*, 1720-1721). On peut relever, dans le *Dictionnaire de la Bible*, des passages comme celui-ci : « Aod, roi des Moabites, tua Eglon » (Juges, III, 15) ; « Absalon fut percé de trois dards » (II Rois, XV, 25), etc.

l'homme n'est pas né pour le repos. — Travaillons sans raisonner, dit Martin ; c'est le seul moyen de rendre la vie supportable. »

Toute la petite société entra dans ce louable dessein ; chacun se mit à exercer ses talents. La petite terre rapporta beaucoup. Cunégonde était à la vérité bien laide ; mais elle devint une excellente pâtissière ; Paquette broda ; la vieille eut soin du linge. Il n'y eut pas jusqu'à frère Giroflée qui ne rendît service ; il fut un très bon menuisier, et même devint honnête homme ; et Pangloss disait quelquefois à Candide : « Tous les événements sont enchaînés dans le meilleur des mondes possibles ; car enfin, si vous n'aviez pas été chassé d'un beau château à grands coups de pied dans le derrière pour l'amour de Mlle Cunégonde, si vous n'aviez pas été mis à l'Inquisition, si vous n'aviez pas couru l'Amérique à pied, si vous n'aviez pas donné un bon coup d'épée au baron, si vous n'aviez pas perdu tous vos moutons du bon pays d'Eldorado, vous ne mangeriez pas ici des cédrats confits et des pistaches. — Cela est bien dit, répondit Candide, mais il faut cultiver notre jardin. »

DOSSIER

CHRONOLOGIE
1694-1778

1694. Première édition du *Dictionnaire* de l'Académie française. 21 novembre : naissance à Paris de François-Marie Arouet.

1697. Traité de Ryswick mettant fin à la guerre de la Ligue d'Augsbourg, débutée en 1688.
Bayle, *Dictionnaire historique et critique*.
Perrault, *Contes de ma mère l'Oye*.

1701. Début de la guerre de Succession d'Espagne.

1704. François-Marie Arouet entre au collège des Jésuites, futur lycée Louis-le-Grand.

1705. Il est introduit par l'abbé de Châteauneuf, son parrain, dans la société libertine du Temple.

1710. Destruction de Port-Royal.

1713. Traité d'Utrecht, qui met fin à la guerre de Succession d'Espagne. François-Marie se rend à La Haye, secrétaire de l'ambassadeur de France.

1715. Mort de Louis XIV.

1716. François-Marie Arouet exilé à Tulle, puis à Sully-sur-Loire, pour deux écrits satiriques contre le Régent, Philippe d'Orléans.
Law fonde la Banque générale.

1717. François-Marie Arouet est incarcéré pour onze mois à la Bastille en raison de ses écrits.
Retz, *Mémoires*.

1718. *Œdipe*, première tragédie de François-Marie Arouet.
 François-Marie Arouet prend le nom de Voltaire.
1719. Daniel Defoe, *Robinson Crusoe*.
1720. Fuite de Law, après la faillite du « système ».
1721. Montesquieu, *Lettres persanes*.
1722. Mission de Voltaire en Hollande.
1723. *La Henriade*, poème épique.
 Majorité de Louis XV.
1726. Altercation avec le chevalier de Rohan : Voltaire est
 emprisonné à la Bastille, puis exilé en Angleterre.
1728. Voltaire rentre clandestinement en France.
1730. *Sur la mort de Mademoiselle Lecouvreur*, poème.
 Brutus, tragédie.
 Marivaux, *Le Jeu de l'amour et du hasard*.
 Histoire de Charles XII.
1732. *Zaïre*, tragédie.
1733. Début de la guerre de Succession de Pologne.
1734. *Lettres philosophiques*, qui provoquent un scandale. Voltaire, menacé d'arrestation, s'enfuit en Champagne, à
 Cirey, chez Mme du Châtelet.
1735. *La Mort de César*, tragédie.
1736. *Alzire ou les Américains*, tragédie.
 Correspondance avec le futur Frédéric II de Prusse.
1738. *Discours sur l'homme*.
 Éléments de la philosophie de Newton.
 Traité de Vienne, qui met fin à la guerre de Succession
 de Pologne.
1740. Frédéric II devient roi de Prusse.
 Début de la guerre de Succession d'Autriche.
1741. *Mahomet*, tragédie.
1743. *Mérope*, tragédie.
 Mission diplomatique de Voltaire à Berlin.
1745. Voltaire est nommé historiographe du roi de France.
 La Bataille de Fontenoy, poème.

1746. Voltaire est élu à l'Académie française ; nommé gentilhomme ordinaire de la chambre du roi.
Vauvenargues, *Réflexions et maximes.*

1747. *Memnon*, première version de *Zadig*, conte.
Le libraire Le Breton confie à Diderot et d'Alembert la
direction de l'*Encyclopédie.*

1748. Voltaire séjourne en Lorraine à la cour de Stanislas Lec-
zinsky.
Sémiramis, tragédie. *Zadig. Le Monde comme il va.*
Traité d'Aix-la-Chapelle, qui met fin à la guerre de Suc-
cession d'Autriche.
Montesquieu, *De l'Esprit des lois.*

1750. Départ de Voltaire pour Potsdam.
Rousseau, *Discours sur les sciences et les arts.*

1751. Premier volume de l'*Encyclopédie.*

1752. *Le Siècle de Louis XIV*, non autorisé en France, paraît à
Berlin.
Micromégas, conte.
Querelle de Voltaire avec Maupertuis, directeur de l'Aca-
démie de Berlin.

1753. Voltaire, brouillé avec Frédéric II, quitte Berlin.
Buffon élu à l'Académie française, *Discours sur le style.*

1754 Rousseau, *Discours sur l'inégalité.*
Voltaire se rend à Genève.

1755. Voltaire s'installe aux « Délices », près de Genève.
Tremblement de terre de Lisbonne, le 1er novembre.
L'Orphelin de la Chine, tragédie.

1756. *Essai sur l'histoire générale et sur les mœurs.*
Début de la guerre de Sept Ans.

1757 Scandale de l'article « Genève » de l'*Encyclopédie.*
Défaite française à Rossbach.

1758. Rousseau, *Lettre à d'Alembert sur les spectacles.*
Quesnay, *Tableau économique.*
Voltaire achète près de Genève, mais en territoire fran-
çais, Ferney et Tournay

1759. *Candide*, conte.
1760. *Tancrède*, tragédie.
     L'Écossaise, comédie.
  · Voltaire adopte Marie Corneille, petite-nièce du drama-
     turge.
     Début de la grande guerre philosophique.
1761. Rousseau, *La Nouvelle Héloïse*.
1762. Début de l'affaire Calas.
     Le Parlement ordonne l'expulsion des jésuites.
     Rousseau, *Émile, Du contrat social*.
1763. *Traité sur la tolérance*.
     Traité de Paris, qui met fin à la guerre de Sept Ans.
1764. *Jeannot et Colin*, conte.
     Dictionnaire philosophique portatif.
1766. Affaire du chevalier de La Barre, exécuté pour trahison.
1767. *L'Ingénu*, conte.
     Affaire Sirven.
1768. *L'Homme aux quarante écus, La Princesse de Babylone*,
     contes. *Précis du Siècle de Louis XV*.
     Acquisition de la Corse.
     Quesnay, *La Physiocratie*.
1770. Conflit entre Louis XV et le Parlement.
1771. Bougainville, *Voyage autour du monde*.
1772. Diderot, *Jacques le Fataliste*.
1773. Fondation du Grand Orient de France.
     Dissolution de la Compagnie de Jésus par le pape Clé-
     ment XIV.
1774. Mort de Louis XV, avènement de Louis XVI.
     Le Taureau blanc, conte.
1775. Publication de l'édition dite «encadrée» des œuvres
     complètes de Voltaire.
1776. *La Bible enfin expliquée*.
     Déclaration de l'Indépendance des États-Unis.
     Restif de La Bretonne, *Le Paysan et la paysanne per-
     vertis*.

1777. *Irène*, tragédie.
1778. Retour de Voltaire à Paris, «apothéose». Il meurt le 30 mai.
Mort de Rousseau le 2 juillet.

BIBLIOGRAPHIE

On trouvera dans l'édition des *Romans et contes* de Voltaire par Frédéric Deloffre et Jacques Van den Heuvel avec la collaboration de Jacqueline Hellegouarc'h à la Bibliothèque de la Pléiade, Gallimard, 1979, une bibliographie détaillée, ainsi que des indications complémentaires concernant la composition, la publication et le commentaire de *Candide*. Seuls les ouvrages de critique les plus importants sont donc mentionnés ici.

I. Biographie

Voltaire en son temps, sous la direction de René Pomeau, Fayard, 1995, 2 vol.

II. Études générales sur Voltaire

Lanson, Gustave, *Voltaire*, Paris, 1906 ; rééd. par René Pomeau, Hachette, 1960.

Naves, Raymond, *Voltaire*, « L'Homme et l'œuvre », Boivin, 1942.

Pomeau, René, *Voltaire par lui-même*, éd. du Seuil, 1955.

—, *La Religion de Voltaire*, Paris, 1956, 2ᵉ éd., Nizet, 1969. Étude approfondie de la pensée religieuse de Voltaire.

Wade, Ira O., *The Intellectual Development of Voltaire*, Princeton, New Jersey, University Press, 1969.
Mason, Haydn T., *Voltaire*, Londres, Hutchinson, 1975.

III. *Sur les contes en général*

Van den Heuvel, Jacques, *Voltaire dans ses contes*, A. Colin, 1967. Étude fondamentale.
Mylne, Vivienne, « Literary Techniques and Methods in Voltaire's Contes Philosophiques », *Studies on Voltaire and the Eighteenth Century, 67*, 1967, p. 1055-1080.
Rigo, Dora Bienaimé, *Gli ultimi racconti di Voltaire*, Pise, Libreria Goliardica, 1974. Deux chapitres généraux, un sur la poétique du conte, l'autre sur la « destination philosophique du voyage », suivis d'une étude détaillée du *Blanc et Noir*, de *La Princesse de Babylone*, et des *Lettres d'Amabed*.
Sherman, Carol, *Reading Voltaire's Contes. A Semiotics of Philosophical Narration*, Chapel Hill, North Carolina, 1985.

IV. *Sur* Candide *en particulier*

Sareil, Jean, *Essai sur* Candide, Genève, Droz, 1967.
Starobinski, Jean, « Sur le style philosophique de *Candide* » et « L'Ingénu sur la plage », études reprises sous le titre « Le fusil à deux coups de Voltaire » dans *Le Remède dans le mal*, Gallimard, 1989.
Candide ou l'Optimisme, édition critique par René Pomeau, Oxford, Voltaire Foundation, 1980.

Table 169

DOSSIER

DU MÊME AUTEUR

Dans la même collection

ROMANS ET CONTES, *tome I*. : Le Crocheteur borgne. Cosi-Sancta. Songe de Platon. Micromégas. Le Monde comme il va. Zadig ou la Destinée. Memnon ou la Sagesse humaine. Lettre d'un Turc. Histoire des voyages de Scarmentado. Les Deux Consolés. Histoire d'un bon bramin. Pot-pourri. Le Blanc et le noir. Jeannot et Colin. Petite digression. Aventure indienne. L'Ingénu. La Princesse de Babylone. *Édition présentée et établie par Frédéric Deloffre avec la collaboration de Jacques van den Heuvel et Jacqueline Hellegouarc'h.*

ROMANS ET CONTES, *tome II*. : Candide ou l'Optimisme. L'Homme aux quarante écus. Les Lettres d'Amabed, etc. Le Taureau blanc. Aventure de la Mémoire. Éloge historique de la Raison. Les Oreilles du comte de Chesterfield et le chapelain Goudman. Histoire de Jenni ou le Sage et l'athée. *Postface de Roland Barthes. Édition établie par Frédéric Deloffre avec la collaboration de Jacques Van den Heuvel et Jacqueline Hellegouarc'h.*

L'AFFAIRE CALAS et autres affaires : Traité sur la Tolérance. L'Affaire Sirven. Commentaire sur le Livre des délits et des peines de Beccaria. L'Affaire Lally. L'Affaire du chevalier de la Barre. *Édition présentée et établie par Jacques Van den Heuvel.*

LETTRES PHILOSOPHIQUES (LETTRES ANGLAISES). *Édition présentée et établie par Frédéric Deloffre.*

DICTIONNAIRE PHILOSOPHIQUE . *Édition présentée et établie par Alain Pons.*

ZADIG OU LA DESTINÉE. *Édition présentée et établie par Jacques Van den Heuvel. Texte établi par Frédéric Deloffre.*

MICROMÉGAS *suivi de* L'INGÉNU. *Édition présentée par Jacques Van den Heuvel. Texte établi par Frédéric Deloffre.*

ANDERSEN. *Contes choisis*. Édition établie par Alain Faudemay. Traduction de P. G. La Chesnais.

ANONYME. *Fabliaux*. Présentation et traduction de Gilbert Rouger.

ANONYME. *La Farce de Maître Pathelin*. Présentation et traduction nouvelle de Michel Rousse. Édition bilingue.

ANONYME. *Le Roman de Renart*. Préface de Béatrix Beck. Édition établie par Paulin Paris.

ANONYME. *Tristan et Iseut*. Préface de Denis de Rougemont. Édition établie par André Mary.

BALZAC. *Le Colonel Chabert*. Préface de Pierre Barbéris. Édition établie par Patrick Berthier.

BALZAC. *Eugénie Grandet*. Édition présentée et établie par Samuel S. de Sacy.

BALZAC. *Ferragus*. Édition présentée et établie par Roger Borderie.

BALZAC. *Le Père Goriot*. Préface de Félicien Marceau.

BAUDELAIRE. *Les Fleurs du Mal*. Édition présentée et établie par Claude Pichois.

BEAUMARCHAIS. *Le Mariage de Figaro*. Édition présentée et établie par Pierre Larthomas.

BÉROUL. *Tristan et Yseut*. Présentation et traduction de Daniel Poirion. Préface de Christiane Marchello-Nizia.

CHRÉTIEN DE TROYES. *Yvain ou le Chevalier au Lion*. Présentation et traduction de Philippe Walter.

COLLODI. *Les Aventures de Pinocchio*. Édition de Jean-Michel Gardair. Traduction de Nathalie Castagné, revue par Jean-Michel Gardair.

CORNEILLE. *Le Cid*. Édition présentée et établie par Jean Serroy.

CORNEILLE. *L'Illusion comique*. Édition présentée et établie par Jean Serroy.

Composition Bussière
et impression Bussière Camedan Imprimeries
à Saint-Amand (Cher), le 17 décembre 2002.
Dépôt légal : décembre 2002.
1ᵉʳ dépôt légal dans la collection : avril 1999.
Numéro d'imprimeur : 025722/1.
ISBN 2-07-040936-8./Imprimé en France.

121925